赵丰 著

思想者的旅行

陕西新华出版

太白文艺出版社·西安

图书在版编目（CIP）数据

思想者的旅行 / 赵丰著. -- 西安：太白文艺出版
社，2019.1（2023.6重印）
ISBN 978-7-5513-1623-1

Ⅰ. ①思… Ⅱ. ①赵… Ⅲ. ①散文集－中国－当代
Ⅳ. ①I267

中国版本图书馆CIP数据核字(2019)第018426号

思想者的旅行
SIXIANGZHE DE LÜXING

作　　者	赵丰
责任编辑	李明婕　林兰
封面设计	刘挺军
版式设计	诗风文化
出版发行	太白文艺出版社
经　　销	新华书店
印　　刷	三河市同力彩印有限公司
开　　本	787mm×1092mm　1/16
字　　数	160千字
印　　张	10.25
版　　次	2019年1月第1版
印　　次	2023年6月第2次印刷
书　　号	ISBN 978-7-5513-1623-1
定　　价	32.00元

目　　录

丝绸之路,从古长安出发 ……………………………………… 1

咸阳,古丝路的桥头堡 ………………………………………… 6

丝路重镇,宝鸡 ………………………………………………… 10

天水若禅 ………………………………………………………… 13

幻若仙境崆峒山 ………………………………………………… 17

武威何不威武 …………………………………………………… 20

诗画张掖 ………………………………………………………… 26

酒泉,被沙漠掩盖着的辉煌 …………………………………… 33

河西走廊遐想 …………………………………………………… 38

大美敦煌 ………………………………………………………… 44

鸣沙山,丝绸之光 ……………………………………………… 51

鸣翠湖的境界 …………………………………………………… 56

西出阳关无故人 ………………………………………………… 64

嘉峪关,丝绸之路与万里长城的十字路口 …………………… 68

春风不度玉门关 ………………………………………………… 73

西域怀古 ………………………………………………………… 79

丝绸之路向青海飞来 …………………………………………… 83

吐鲁番遐思 ……………………………………………………… 88

驼铃天山 ………………………………………………………… 94

乌鲁木齐散记 …………………………………………………… 100

焉耆探秘 ………………………………………………………… 105

库车,远去的龟兹国 …………………………………………… 109

喀什,丝路上的明珠 ……………………………………… 114

博斯腾湖之梦 ……………………………………………… 118

塔河听禅 …………………………………………………… 124

楼兰,一座废墟的背影 …………………………………… 129

行走在库尔勒 ……………………………………………… 134

在轮台与胡杨约会 ………………………………………… 139

沙漠里的穿越 ……………………………………………… 143

品味韶关 …………………………………………………… 149

拜访泉州 …………………………………………………… 154

丝绸之路，从古长安出发

汉唐长安，这是一个让人无法沉静的词组。翘首回望，这是一段令人心潮澎湃的历史。时至今日，它已经不再是一个地名，而是一个民族的精神、一盏东方文明的灯塔。人类历史上的一个个梦想、一个个奇迹在这里诞生。

丝绸之路便是其中之一。一匹丝绸，惊动了整个世界。诗人如是说：一只小小的蚕，吐出了一条悠远的丝绸之路。

一匹马或者是一峰骆驼，承载着历史的嘱托，背负起一个民族的希冀，坚挺起不屈的脊梁，永不懈怠地行走。

一声声驼铃沟通了东西方风俗，摇醒了东西方文明之梦，让一个古老的信念延续数千年，让一段拓展的故事辉煌数千年。

张骞，作为"第一个睁开眼睛看世界的中国人"，他的雕像竖立在丝绸之路的起点：长安。

建元二年(前139)，张骞奉汉武帝之命，由甘父做向导，率领一百多人出使西域，打通了汉朝通往西域的南北道路，将中原文明传播至西域，又从西域诸国引进了汗血马、葡萄、苜蓿、石榴、胡麻等到中原，促进了东西方文明的交流。

这条通往西域的南北道路，便是闪着历史光亮的丝绸之路。

文字的记载何等轻松，可有几人能知张骞被匈奴强迫留居十年之久？有谁能知出使途中戈壁滩上的飞沙走石、热浪滚滚，葱岭之上的冰雪皑皑、寒风刺骨？

丝绸之路并非丝绸一般的"光华"。

19世纪70年代,德国著名的地理学家李希霍芬在《中国》一书中,把中国与河中地区,以及中国与印度之间以丝绸贸易为媒介的这条西域交通路线称为丝绸之路。之后的中外学者把古代丝绸贸易所到达的地区,都包括在丝绸之路的范围内。丝绸之路也就成为古代从长安出发,经中亚、西亚、南亚到欧洲、非洲等道路的统称。直到千余年后,奥斯曼帝国兴起,古老的东西商路被阻断,它才逐渐寂寞起来。西方的冒险家为了继续保持与东方的贸易,开始从海上寻找通往东方之路,揭开了传奇般的大航海时代的序幕。丝绸之路不仅成为古代主要的陆上贸易通道,也是中西文化交流的桥梁和纽带。丝绸之路的兴衰与历史上国家的兴衰大势同步,从这个意义上讲,它并不仅仅是一条商路。世界遗产委员会认为,丝绸之路见证了公元前2世纪至公元16世纪,亚欧大陆的经济、文化、社会的发展与交流,尤其是游牧与定居文明之间的交流。

而古老的长安则是丝绸之路的起点。

丝绸之路打开了世界贸易的一扇窗口。

可为什么是汉武帝?为什么是张骞?为什么是长安?

秦岭由东而西,抒写着汉唐长安巍峨的雄姿;渭水由西而东,流淌着汉唐长安柔美的风韵;丝路由东而西,驻留着汉唐长安抵达西域那一串串坚实的履痕。

晨曦晚霞中,鼓声响起,钟声响起,歌女之舞翩翩。丝绸之路的起点竟是如此风雅,仿佛是以这样的方式送别那些丝路的使者,为他们未知命运的行走注入丝丝柔情。在这样的背景下,李白仰望长安一片月,发出"长安不见使人愁"的深叹。我不知道他的眼帘之中是否出现过那些西行者的背影?贾岛的"秋风吹渭水,落叶满长安",在看似凄凉的景象里寄寓着西行者无限的眷恋。他在眺望秋风背景下的长安,马褂銮铃的城池,东边是水袖曼舞的歌吟,西边是枕戈待旦的铁阵,恍惚间眼前幻化出这样的奇景:长安古道马蹄如风,惊起滚滚红尘。他看见一支支商队从这里启程,向着已知或未知的西方世界,向着人类的幸福生活,迈出了万里征程的第一步。

李白眼中长安那片月的清辉斜过翰墨飘香的书院门,洒向石屑迸溅的碑林,跨入历史的纵深。于是,一个曙光初照的清晨,我登上了古城墙,一股浩然之气扑面而来。用诗人们最喜欢的一种表达方式就是:我仿佛看到了玉门关的烽烟,看到了王昭君哀怨的愁容,听到了高适、岑参的吟咏,马嵬坡兵变的喧嚷,李白的放歌,杜甫的沉吟,贾岛的抒情……盛世长安,车水马龙。日月的巨轮碾过诗人们的睡梦,留下金碧辉煌的宫廷,身后却是满天繁星。

明初至今,西安城墙历经六百余年的岁月风云,像一位饱经风霜的老者审视着一座古城的变迁。作为一名普通的西安市民,我没有给它添过一块砖、一锨土,空落的滋味铺满心胸。不过这并没有影响到我对它的情感。抚摸城墙的砖瓦,也不失为表达情感的一种方式。

傍晚,夕阳在城墙的古砖上抹出层层红晕,宛若历史的皱褶。小树林传来秦人的唱腔,有激昂悲壮的老旦,有凄婉哀怨的青衣,还有浑厚高亢的花脸。无疑,这是秦腔迷的世界。在城墙根下吼秦腔,是丝绸之路起点独具一格的文化亮点,仿佛在为那些肩负神圣使命的西行者送行。

厚重雄奇、苍茫壮阔……古长安城是灰色的,那是边塞烽烟、戈壁沙尘熏染吹打的色彩。伫立在古城墙上,这种灰色让我感受到一种震撼心灵的历史纵深感。青灰色、凹凸残缺的地砖,高低起伏、绵延无际的城墙垛口,依然飘逝过汉唐的风云……穿越时空,抵达丝绸之路的起点,胸中升腾起雄阔壮美的感情。

今夜,我行走在高高的城墙之上,吟诵着一首首古老的诗篇,突然感到,这层层青砖碧瓦上雕刻着一个个西行者的呼吸。

西安玉祥门外的大庆路上,矗立着一座古朴典雅的丝绸之路巨型石雕。那驮着彩绸的一峰峰骆驼,高鼻凹眼的西域商人,精神饱满,栩栩如生。商人们在这个东方大都市开了眼界,正满载着货物返回故乡。望着这座群雕,我仿佛看到了当年丝绸之路上商旅不绝的景象,听到了飘在大漠中的悠悠驼铃声……

一尊人马骆驼组成的粗石群像,是这座城堡的一页史诗。汉唐时代的丝绸之路以此为起点,勾画出了迢迢西路上诱人的景观。

将这个现在被称为西安的城市中的座座高楼抹掉,热闹和繁华化为乌有,让思维穿越古老的时光隧道,那会是怎样的感觉?一条丝绸之路,让我经受双重阳光风雨,感受两个时空,这是一种奇妙的穿越感。

沟通中西交通的丝绸之路是什么时候出现的?通常认为是西汉张骞通西域以后,人们把张骞通西域称为凿空,以为是中西交通及丝绸贸易的开端。其实早在先秦乃至上古时代,中西经济文化交流即已开始,大量考古文物资料已充分证明了这一点。正如著名考古学家裴文中先生指出的:"东西方的交通,绝不是由张骞开始,汉以前就有。因为史前时期的文化,东西两方有许多相同之处,例如彩陶,必定是东西文化两相交流的结果。"近些年又有学者提出:"在丝绸之路形成的一千六百多年前,就有一条和田玉的运输线在欧亚大陆上铺展,使中国古文明和西亚乃至欧洲古文明悄然交融。"

世界最古老的东西贸易通道——丝绸之路的开辟始于两千多年前,它从中国的西北地区出发,直至地中海沿线,总长约为七千公里。

汉武帝建元元年(前140),武帝欲联手大月氏共同抗击匈奴,张骞应募任使者,于建元二年(前139)出陇西,经匈奴,被俘。后逃脱,西行至大宛,经康居,抵达大月氏,再至大夏,停留了一年多才返回。在归途中,张骞改走南道,依傍南山,企图避免被匈奴发现,但仍为匈奴所扣,又被拘留一年多。元朔三年(前126),匈奴内乱,张骞乘机逃回汉朝,向汉武帝详细报告了西域的情况,武帝授以太中大夫。因张骞在西域有威信,后来汉廷所遣使者多称博望侯,以取信于诸国。在此以前,汉代的君臣根本不知道,在中国的西南方有一个身毒国的存在。张骞在大夏时,忽然看到了四川的土产——邛竹杖和蜀布。他感到十分诧异,追问它们的来源。大夏人告诉他,是大夏的商人从身毒买来的。张骞向汉武帝上书遣使南下,从蜀地向西南开辟出一条直通身毒和中亚诸国的路线,以避开羌人和匈奴的地盘。汉武帝采纳了张骞的建议,并命张骞去犍为郡(今四川宜宾)亲自主持其事。

"闻道寻源使,从此天路回。牵猪去几许? 宛马至今来……"这是杜甫在安史之乱中避难秦州(今甘肃天水)时写下的一首诗。时逢战乱,百姓流离,忧国忧民的诗人站在中西古道上,不禁想起远播国威、造福后世的寻源使张骞。在中国历史上,张骞通西域的故事家喻户晓,并被赋予了某些神话色彩。民间传说,张骞奉汉武帝之命开通西域,曾抵达西天的黄河源头会见牛郎和织女,带回了天马。汉朝的中外交流,张骞出使西域本为贯彻汉武帝联合大月氏抗击匈奴之战略意图,但出使西域后汉夷文化交往频繁,中原文明通过丝绸之路迅速向四周传播,这恐怕是汉武帝始料不及的。因而,张骞出使西域这一历史事件便具有特殊的历史意义。

丝绸产自中国的南方,在长江两岸和黄河中下游是常见的商品,因此并不会贵重到称奇的程度,但在外国人眼中,绝对是稀世珍品。走在丝绸之路上的人,大多是高鼻深目的外国商旅。他们不仅贩运丝绸,也贩运瓷器到国外,贩卖国外金银珠宝到国内。

丝绸之路为什么不叫金银之路、珠宝之路、瓷器之路,而叫丝绸之路? 显然,表达的是崇拜丝绸的外国人的心境,是由外国人把丝绸之路叫到了全世界。丝绸之路不是中国的专有名词,而是世界的通用名词。

张骞通西域不仅丰富了中国人的地理知识,扩大了中国人的地理视野,而且直接促进了东西方物质文化交流。中国精美的手工艺品,特别是丝绸、漆器、玉器、铜器传到西方,而西域的土产如苜蓿、葡萄、胡桃(核桃)、石榴、胡麻(芝麻)、胡豆(蚕豆)、胡瓜(黄瓜)、大蒜、胡萝卜,各种毛织品、毛皮、良马、骆驼、狮子、鸵鸟等陆续传入中国。西方的音乐、舞蹈、绘画、雕塑、杂技也传入中国,对中国古代文化艺术产生了积极的影响。

丝绸之路主干线东起长安,西至罗马,遥遥八千多公里,横贯亚洲大陆。千百年来,它布下了多少旷世奇才的脚印?他们是探险家、旅行者、商贾、僧人、权贵、征夫、诗人……作为欧亚大陆桥,丝绸之路将不可知的世界变为现实,天地骤然间变小,于是行者、使者的传奇故事在历史的书页间徐徐展开,异域的自然风物成为人们生活和精神的慰藉。

长安是玄奘西游印度的起点,也是他多年后携带梵文经卷返回的终点。公元 629 年,一个晴朗或阴郁的黎明,玄奘披上袈裟,从长安出发,经渭城,走河西,出阳关,过西域,穿越时称葱岭的帕米尔高原,历尽千辛万苦,九死一生,去西天取经。全程耗时两年,抵印度求法十七载,还长安后译经撰述,建造大慈恩塔,即今日之大雁塔。如果说玄奘的生命是在西行路上得以升华的,那么耸立在我们眼前的大雁塔不仅是玄奘神圣的藏经宝塔,更是他灵魂的化身。公元645 年,玄奘携带八尊佛像、六百五十七部梵语佛经以及佛祖舍利回到大唐王朝。当他抵达长安时,当朝皇帝李世民与百万市民倾城出动,迎接他从西天取经归来。

这次与丝绸无关的出行是丝绸之路的扩展和延续,从此,丝绸便被赋予了文化的含义。

丝绸之路是从长安开始的,长安铸就了这一历史奇迹。尽管它有许多条路线,但除了海上的丝绸之路,它无论如何都绕不开长安。古丝路辽阔粗犷,清秀幽远,地广天高,各具景象和风情,构成了东西方人们构筑幸福的通道。

长安承载着光荣和梦想,在历史的长河里辉煌。啊,毅然前行的是你,柔情似水的是你,博大情怀的是你——汉唐长安!

你好,丝绸之路!你好,汉唐长安!你的故事虽已远去,但绝不仅仅留下踪迹,留下传扬。你旋流时代的气息,你脉动时尚的亮点,让一个民族的未来充满梦幻。

"我们在阳光下上路,奔向郁金香的国度,历史的路啊千年的路,岁月蹉跎写成史书;丝绸之路啊,友谊的路,情爱洒满欧亚大陆;丝绸之路啊,和谐的路,让我们为世界祝福……"

让这首歌成为我西行的序曲。

咸阳,古丝路的桥头堡

咸阳,大秦帝国。

渭水穿南,宗山亘北,山水俱阳,故称咸阳。

要想知道两千多年前的咸阳是何等辉煌,晚唐诗人杜牧在《阿房宫赋》里如是描述:"妃嫔媵嫱,王子皇孙,辞楼下殿,辇来于秦,朝歌夜弦,为秦宫人。明星荧荧,开妆镜也;绿云扰扰,梳晓鬟也;渭流涨腻,弃脂水也;烟斜雾横,焚椒兰也……"

这是关于宫妃的描写,她们早晚弹唱,梳妆打扮,渭河的水面漂浮着宫妃抛弃了的胭脂,焚烧香料过后空中烟雾燎绕。

女人是王朝的附庸,是男人的红颜,从女人的日常生活可以看出一个朝代的盛况。

阿房宫,曾经的辉煌。

一座座帝王、妃子的陵墓横卧于咸阳大地。咸阳帝王陵墓群以咸阳的五陵原为集中段,西起陇翔,东至黄河岸,数千座帝王将相、妃嫔媵嫱、皇族贵胄、贤达名流陵墓,有的平地凿穴而起,威仪壮观,或依山傍水造墓,气势恢宏,一字排开,或在南北两百余公里、东西近五百公里的莽莽原野,形成巨型列队,被称为中国的金字塔群。

咸阳帝王陵墓群,一部浩瀚精深的卷帙。

一座陵冢埋藏着一个神奇的故事。

一座陵园代表着一段铁马金戈的史诗。

一块墓碣，一幕风雨飘摇的悲剧。

一组丘陵，一个朝代兴盛衰亡的画面浓缩。

咸阳东邻长安，北接甘肃，自古素有交通要冲之称。古时，咸阳北有关中通往河西走廊的泾河谷地，南扼渭水漕挽天下，西通陇西，东处泾渭交汇地带，左扶崤函，右控陇蜀，战时兵家必争。渭水于此折向东北，构成关中东西大道的分界线，自古中原和长安来往于川、甘、青、宁、新各地者，均由此处渡渭，咸阳成为西出阳关、北上萧关、东至长安、直抵中原的交通枢纽。

公元前221年，秦始皇横扫六国，以咸阳为都，使之赢得了中国第一帝都的美誉。汉代定都长安后，咸阳改为渭城，是京畿北面的门户和关口，是西出阳关、北上潼关的必经之地。唐代咸阳是丝绸之路的第一大站。宋、明、清时期，咸阳虽失去了京畿的地位，但仍不失为西北重镇。

咸阳与丝绸之路的历史渊源是根植在骨子里的一种血脉延续，相互融合，相互成长。

> 东西尉侯往来通，博望星槎笑凿空。
> 塞下传笳歌敕勒，楼头倚剑接崆峒。
> 长城饮马寒宵月，古戍盘雕大漠风。
> 除是卢龙山海险，南北谁比此关雄？

两千一百多年前，张骞西出长安，先到咸阳，出使了中亚，开启了中国同中亚各国友好交往的大门，开辟出一条横贯东西、连接欧亚的丝绸之路。林则徐的这首诗，正是感怀于张骞出使西域的豪迈。

在茂陵，霍去病墓石刻、镏金马、希腊文铅币、绿釉胡人骑马俑等，这些极具西域及欧洲文化的珍贵文物在供游人阅览的同时，也将西汉王朝与西方经济文化交流的繁荣娓娓道来，让人们见证了丝绸之路所带来的文化产物。

彬州大佛寺石窟，作为丝绸之路北道的地标，被列入世界文化遗产名录，成为古道一个鲜明的地域节点和文化符号。它曾见证了穿梭不息的商旅和驼队。古道从大佛脚下蜿蜒穿过，商客们每每见到石窟，就知道远离长安或长安已近。守望与佑护是一座石窟的历史使命。

丝绸之路兴起于汉唐，而咸阳流淌着汉唐文化的血脉，那个时期，咸阳成就了中国农业社会历史上政治、经济、文化最为灿烂辉煌的一页。虽然久违的驼铃已经远去，历史的尘嚣已经沉寂，但丝绸之路的影响仍在……这种历史宿命，注定了咸阳与丝绸之路的前世今生。

咸阳古渡,丝绸之路的坐标。

丝绸之路必定是要渡过渭河的。

我依稀看见了咸阳桥上"车辚辚,马萧萧"的烟尘,于是,前赴后继的西行者足迹在渭水的碧波里荡漾。

咸阳是古丝绸之路的第一站,渭河古渡是汉唐时期由长安通往西域、巴蜀的交通要道,西行者无论如何也绕不开渭河。于是乎,咸阳古渡成为货物进出的港口、古丝绸之路的桥头堡。

沙河古桥为西出长安的第一桥,丝绸之路名副其实的桥头堡,其遗址位于汉长安城章城门与直城门之间正西,相距约二十五公里。汉长安城三面环水,水上各有桥,北面渭河有渭桥,东面灞水有灞桥,西面沣水之上自然也应有桥。沙河古桥遗址应该就是沣水之上桥梁的遗址,是出入长安京城的水上交通要冲。秦汉时期,渭河南北岸各有一条东西大道,丝绸织品就是通过这两条大道运送。无论汉长安城还是上林苑所生产的丝绸出京,第一站要过的桥就是现在的沙河桥。而从印度、南亚、西亚运来的物资也要经过沙河桥进入长安。遗址附近的大量文物为后人研究丝绸之路提供了有力的物证。

冬日的清晨,漫步在沙河古桥上,迎着飒飒的风,我的脚步缓慢沉重,想让时光将我拉回悠远的秦汉,化身为一个丝路上孤独的行者。河道里的鹅卵石滩上竖着一排排形似土桩的东西,在晨风里寂静地站立着。下桥走近细看,却是一些木桩子,排列有序,木桩的上端大多已被岁月洗刷得朽裂,有些还挂着河水捎带的杂物,像是在讲述当年车马交错的繁忙,又似在叙说着千年的苍凉。垂下身子,冰凉的手指拂过木桩,那一刻我平心静气,怕惊动了时间老人的沉寂,怕打扰了古人的一帘幽梦。

渭水悠悠,秦汉之风已然不见,车水马龙顿成空无,空余一座座桥桩,层层水的涟漪,悄然诉说着历史的兴衰。

古咸阳从历史的尘烟中飞奔而来,铁骑、箭戟……宫廷秘史早已随风沙沉底。

晚去的黄昏斜洒在波光粼粼的古渡,那一城繁华的气息,此刻已销声匿迹,唯有安静的柔和。

咸阳古渡沙河古桥是我心底潜藏着的一个梦,我愿意沉醉在它的怀里,不再醒来。

咸阳茯茶,丝绸之路上的神秘之茶。西行者的第一站,喝上一壶茯茶,提起精神奋勇前行。

作为丝绸之路的起点之一,咸阳曾是中国历史上最大的茶叶集散地与加工地,在这里加工而成的茯茶,因其神秘的发花工艺、独特的饮用口感及突出的保健功效,被誉为丝绸之路名茶。张骞出使西域开启了一条横贯欧亚大陆的贸易通道。在这条全球最重要的商贸大动脉上,丝绸、瓷器、茶叶、香料、马匹等络绎不绝。咸阳茯茶由于便于携带、运输和储藏,又兼具消食解腻等特点,是丝绸之路上的主要交易货品。

茯茶因在伏天加工,也称伏茶,是由咸阳独特的水质与气候条件加之陕西独有的工艺制成的。它的神奇之处在于其内蕴藏了神秘的金花,使茶叶在口味上更加醇厚甘甜,具有较强的促消化、降血脂、溶解脂肪、调节人体代谢等功效,因其外形紧凑似砖,故又称茯砖茶。茯茶便于携带、运输和储藏,又兼具消食解腻等特点,对居住在沙漠、戈壁、高原等地常食牛肉、羊肉、奶酪的民族而言,在缺少蔬菜水果的情况下,茯茶毫无疑问成了他们的生活必需品,非常适合丝绸之路沿途各国人民的生活习性,因而成为丝绸之路上重要的商品之一,销往俄国、西番、波斯等四十多个国家。经过丝路的传播,沿途各国因为对茶叶需求的不断增长,使得中国的茶叶同丝绸和瓷器一样成为中国的大宗出口品。

茯茶不仅是中国历时最长、影响最深远的茶叶品种,更是最早具备规模化、标准化的手工产品。在古丝绸之路上,茯茶依托于丝绸之路起点的身份而千里留香,自身也源源不断地为丝绸之路注入勃勃生机。陕西商帮正是因为茯茶的远销,曾一举奠定了华夏第一商帮的地位。《陕西通志》言:"睦邻不以金樽,控驭不以师旅,以市微物,寄疆场之大权,惟其茶乎?"体现了茯茶不仅拥有巨大的商品价值,更是成为国家维护边疆稳定的重要战略物资。因受到官府严格把控,故茯茶亦称为官茶。从宋朝时便专门设立有茶马司,负责茶马交易,互惠互利,增加边民收入,借以维护边境安宁,为团结西北地区少数民族,促进各民族之间的交流、融合起到了重大作用。

计划经济时期,茯茶曾一度隐匿。近年来,咸阳启动了泾渭茯茶项目,尘封半个世纪之久后茯茶重现关中。泾渭茯茶制作技艺被列入陕西省非物质文化遗产名录。中国茶学界泰斗施兆鹏先生为泾渭茯茶题字"茯茶之源",以示肯定。

泾渭茯茶伴随着丝绸之路的足迹,步入当代人的生活。

丝路重镇，宝鸡

渭水千年不息，横穿宝鸡市区，让这座身在北方的古城有了灵性。

宝地神鸡。宝鸡是一只神鸡，有唐玄宗金口玉言为证："陈仓，宝地也；山鸟，神鸡也。"

考古发现表明，中国之名最早见于宝鸡。1963年出土于宝鸡的国宝重器何尊，是西周初期的一件珍贵艺术品。铜尊内胆底部有一篇一百二十二字铭文，其中"宅兹中国"（指天下之中）是中国之名最早的文字记载。

宝鸡引人眼球的称谓个个不同凡响：华夏文化发祥地、周礼诞生地、诗经故乡、炎帝故里。

中华之称谓源于宝鸡。宝鸡天台山天柱峰有座莲花顶，霞光辉映，石莲游浮，蔚为壮观。人们称誉此峰此景为三昧生奇花。相传炎帝神农在天台山练了一身武艺，遂请天下部落首领汇聚天台山比武论艺，还邀天帝仲裁。炎帝武艺超群，天帝欣慰，便有意发口谕："谁能一夜建座登天梯，使大海中长出石莲，吾便封谁为人间帝王。"炎帝一夜造了三座排空天柱峰，天帝惊喜，即封其为帝。炎帝施仁政，受人拥戴。子孙为了纪念他，以三昧生奇花为缘由，把天台上的莲花峰称中华（古"华"与"花"同）。世人为纪念炎帝功德，沿用此称，把中国叫作中华。

宝鸡是周秦文明的发祥地，文化遗存丰富，有青铜器之乡的美誉。渭河南岸的峪泉村有神农祠遗址。神农乡有天台山，如今是森林公园，有关于神农、老子等名胜古迹多处。炎帝神农遍尝百草，为人类送瘟驱病，一百四十岁时还登上天台山挖草尝药,因误尝毒草火焰子而肝肠寸断,死于老君顶上。北首岭新石器遗址就在金陵河西岸的台地上,属仰韶文化晚期。

宝鸡是一个与道路密切相关的城市。宝鸡古称陈仓,是刘邦从汉中进攻关中的项羽时"明修栈道,暗度陈仓"的发生地。这个成语中就包含陈仓道、褒斜道等古道,许多外地人就是通过这个典故来了解宝鸡的。

陈仓原有二城,一是上城,在斗鸡台东北,为秦武公所筑,用来祭祀鸡峰山上的古鸡;二是下城,在上城以东,为三国时魏将抗拒诸葛亮而筑。汉初韩信暗度陈仓后曾屯兵于城西凹地,旁边有马跑泉。陈仓峪高屋建瓴,虽遗址残余,但依然能显现出其壮观之气势。

山水合璧,天地一统;城筑于山,水流于城;山笼于山,峰冠于峰;势若蛟龙出海,气贯长虹;形若大鹏飞溟,翼搏青云。

这是我对宝鸡的诗意描述。

一只神鸡护佑着张骞以及他的后来者安全抵达西域诸国。

宽阔的渭河穿城而过宝鸡这个古丝绸之路的必经之地,西行的商队从这里一路西行,穿越千山万水向中亚而去。

自古以来,宝鸡就是中原地区通往西北、西南的交通枢纽。身为古丝绸之路的第二站,是响当当的丝路重镇,为各国使团、商旅、僧众的必经之地。当年张骞西出长安后,经咸阳的陶化驿,兴平的马嵬驿、扶风驿、龙尾驿、岐山的石猪驿、凤翔驿,到达陕甘交界的陇县。从扶风开始,就进入了宝鸡境内。

宝鸡境内的渭水至陇山段曾是我国古代通往甘、青地区重要的通道。早在周秦时期,秦文公东猎汧渭之会,开辟了著名的陇关道,打通了秦人由西汉水流域逐步进入关中地区的通道。秦始皇统一六国后,修筑了从咸阳经雍城到陇西(今甘肃省临洮南)的驰道,成为全国驰道网上的一个重要组成部分。西汉初期,皇帝多次出行直达陇南进行郊祀活动,加上东西贸易的繁荣,这里成为丝绸之路主干道之一,常有关外使团、商旅过境往来长安。汉唐至宋元时期,此道仍是我国与中亚、欧洲交通通道的必由之路。

西出长安,扶风是古丝绸之路上重要的节点之一,发挥了驿站的作用。在这里,留下了一段关于丝路文明交流、互鉴的印记。

704 年,武则天下令奉迎法门寺佛指舍利入宫供养,"万乘焚香,千官拜庆"是文献中对当年迎佛盛景的记载。

1987 年 4 月,法门寺地宫重见天日,出土物中的二十件琉璃器让世人惊艳。经研究发现,这些琉璃器是阿拉伯帝国强盛时期——阿拔斯王朝的产物,其中一件精美的釉彩琉璃盘将学界普遍认为的釉彩琉璃的出现时间,从 12 世纪提前到了 9 世纪。专家认为,这批琉璃器是丝路开通之后从西亚带来的,是中外文化和谐共存、合作交流的一个重要体现,记录着古丝绸之路上大唐王朝和中亚、西亚国家的联系。

岐山锅盔应是西行者喜爱的食品。岐山人热情好客,在周礼文化的熏陶下,发明了这种携带方便易保存的食品,为路过的商旅提供服务。古时的丝路交通不便,沿途少有驿站,西行者为了防止错过了宿头饿肚子,便带着岐山锅盔上路。

陇县固关古镇是丝路上位置显赫的重要驿站。固关位于陇县西北,背靠陇山,面朝千河,自古便是抵御外敌、卫戍关中的天然屏障,自汉以来,更是丝绸之路出陕入甘的必经之路,被称为陇坂道,后称为陇关道。固关不仅经历了战争的血雨腥风,也见证了经济文化的交织与繁荣。丝绸之路开辟后,大批西域商贩通过固关进入中原,为中国带来琉璃、宝石和各种水果蔬菜,也从中国带走丝绸、茶叶、瓷器等特产。

我眼前的固关古街商铺林立,门店兴旺,操着各地口音的小贩聚集在此,叫卖声此起彼伏,在古街上穿梭回荡,诉说着固关千百年的沧桑。

时光荏苒,岁月沧桑,这个曾经的丝路重镇,如今的西部工业重镇仍以山水之韵和人文盛景吸引着南来北往的客人。

丝绸之路是一个庞大的交通运输网。历史上的丝绸之路走向不是一成不变的,随着自然地理、人文环境的变化,在不同的历史时期,丝绸之路的走向或发生不同程度的变化。但在宝鸡境内,丝绸之路支线绕来绕去,总是离不开以下七条:陈仓狭道、凤翔—平凉道、凤翔—灵台道、回中道、金川陇州道、咸宜道和安夷关道。

宝鸡毕竟在关中腹地,从长安至此,还算路途通畅,人烟不绝,而出了宝鸡,一路向西的丝绸之路,却充满了不可捉摸的险阻和神秘。

神鸡一声长鸣,为无数西行者送行。

天水若禅

丝绸之路西入甘肃，第一个重镇就是天水。

天水，上天之水，它注定与神灵有关。我必须以仰望的姿态，才可以看见它的影子。

八千三百年以前，中华民族的始祖在这里繁衍生息。《史记》《资治通鉴》载，上古时期的伏羲、女娲、轩辕、黄帝都降生在天水。

天水是中国古代文化发祥地之一，是海内外龙的传人寻根祭祖的圣地。中华民族的人文始祖伏羲在这里出生，因此它有了龙城的称谓，成为每一个中国人的故乡。上推八千三百年前，伏羲在此一画开天，肇启了中华文明，赋予了天水博大精深的地域文化。暗合天机的地心卦台山、恢宏森严的明代伏羲庙、古荒悠久的八千年大地湾，是每一位寻根祭祖的华人探寻华夏文明之源的圣地。

从明君圣主到名将贤臣，那一长串的名字都曾闪耀在天水的星河：秦襄公、李世民、苻坚、董卓、李广、赵充国、姜维……二十五位皇帝、二十九位宰相、五十二位名将……六百余个永载青史的名字，彰显出天水的人文脉络。

当然，天水还有很多名人留下了其足迹。

唐贞观元年，秋八月，因遭遇霜害，粮食歉收，长安城里的人们无论道俗都四出觅食去了。玄奘遂借此机会，踏上西去求法之漫长征途。时有秦州僧孝达在京城学习《涅槃经》，功毕还乡，玄奘遂与他同行，一路西去。到了秦州，即现在的天水小憩。

杜甫曾经为了躲避战乱，从关中来天水住了三个月。在这里，他几乎每天写一首诗,他投靠亲友的生活尽管拮据,有时以卖药为生,却也是诗兴大发。天气变冷了,衣食无着的大诗人应同谷县令之邀,去那里维持生活。这位县太爷可能是个附庸风雅之辈,只是请他来玩,经济上并无实际帮助。他哪有心思玩,得操心去拾橡子,去雪地里挖地黄,为一家人充饥。在那里实在活不下去了,一个月后起身奔了成都。

丝绸之路,这个遥远的称谓成为张骞西行时的第一盏明灯。如果说八百里秦川是秦始皇的粮仓的话,那么天水便是咸阳的天然屏障。秦人在此韬光养晦,发轫了最初的先秦文化。丰美的水草养育着膘肥体壮的神驹骏马,训练出所向无敌、席卷天下的军队和铁骑,把最辉煌的历史写在了关中平原。从此,便有了中国历史上第一个大一统的秦王朝。

遥望天水成为我生命的纠结。我一直在想,在它的地域里,一定缠绕着禅的精神。在那个夏秋相连的季节,我终于置身于魂牵梦绕的天水。

天河注水,这个携带着遐想的传说,让天水成为一个有着水样灵魂的女子。川流不息的渭河像一匹脱缰的野马奔腾在这个城市的心脏。伫立在渭河大桥上,倾听河水,我的心被那水的声响牵至禅的境界。

天水宛如身披如水衣裙的江南女子,向我娓娓诉说着内心的情愫。于是,与天有关的缥缈澄澈,与水有关的清静幽远,都相约凝聚在我的内心世界。

有了水的滋润,天水就有了灵气。我在那儿的时候,几乎每天早上五六点钟都会迎着晨曦降下小雨,雾气蒙蒙,细细密密,我惬意地在雨中散步。长满苔藓的石板路和古色古香的建筑,使我恍惚间置身于江南水乡。太阳升出地面不久,雨便戛然而止。不远处,一座座浸染了绿色的小山,散发出意静心清般的禅境。

曲溪以曲而独具一格,水因曲而神秘幽静,山因水而秀丽幽深。这相互映衬的境界,也是禅的解释。一个曲字,浓缩了一座山的禅意。进入十里峡谷,青山、绿水、古树、河石、草坪、山花、沙滩、湖光交相辉映。徜徉于林间溪水,任清风涤荡燥热,任溪水濯洗喧嚣。河中巨石形态各异,生趣无限。放眼望去,湖光山色如一幅幅凝练而厚重的油画。在水边躺下身子打开躯体,让湖光山色抚摸着我的肉体,还有惬意的灵魂,便有一种超然于世的感觉。超然便是禅了。

天水市东南方五十公里的麦积山,是四周荒坡秃岭环绕的一处神奇的名胜,属于西秦岭山脉小陇山中的一座奇峰。它的峰巅状若麦垛,加上苍郁的林子,更有蜂巢般的石窟和巨大雕塑以及造型各异的群像,还有那些壁画,那迂曲险峻的小径,就足以成为天水的一道风景了。石窟建造于后秦时期,初名无忧寺,后称石岩寺,石窟完全是开凿在悬崖峭壁上的,古人称它"其青云之半,峭壁之间,镌石成佛,万龛千室,虽自人力,疑是神功"。其高浮塑、圆塑、模制影塑,还有壁塑,形式多样,堪称珍品。崖体属于一种沉积的碎沙石,可以用手指一粒粒抠下来,它是靠什么黏合物凝集无数沙粒成为这庞大石岩的呢?为使古人的艺术劳作延长寿命,今人在峭壁上施以钢筋水泥材料,箍成一个硬壳,来保护这珍贵的文化遗产。

还有一座伏羲庙,位于西关,传说是最早的皇帝庙宇。代天称王的伏羲是其母华胥踩了巨人的脚印后孕育而生的。他结网制弓,教人渔猎和畜牧业,创造文字和琴瑟,教人知书达礼。他通晓天文地理、阴阳八卦,制定历法,揭开了中华文明的第一页。此庙建于元代,香火旺盛。

清晨,伏羲庙清静若禅。我在阳光与松柏营造的氛围中漫步,感受着时间与空间带来的质朴与平和。眼前的一棵松柏躯干坚挺,分权出无数的枝条,在风的摇晃中,宛若向我诉说着往昔的岁月。我喜欢那些上了岁数的树木,古旧、沧桑、智慧,禅一样的面目。

伏羲庙院内也有古柏,苍劲挺拔、虬枝盘曲,凝聚了古庙的精气,凝重的绿色,散发出肃穆、森严、神秘的氛围。这里还有安静的院落、古朴的石磨和独放的睡莲。

阳光忽然照进庙宇,殿前的石台上一袭金黄,香客和游人渐至,香烟袅袅升起,我知道该离开了。我钟情的是一份尘封的历史,一份无人打扰的历史。我从不习惯与众人共同欣赏一处景致,喜欢维系内心的一片宁静。洁净自身是禅。一个人只要本心清净,不执着于外物浸染,就不会迷失了自我。

古秦州天水的另一处名胜是玉泉观,离城不过几里。它是一座雕梁画栋的古寺,古木苍苍,香火缭绕,静寂而安宁。玉泉观的独到之处应该是这浅山谷,黄土原怀抱的地势和疏朗的布局。寺院中有烧香卜卦的,有遛鸟的老人,有读书的学子,一切似乎很和谐,弥漫着禅的气象。

早年读《三国演义》,对姜维印象颇深。继承武侯遗志、九伐中原,最终以身殉汉的姜维,凭着手中一杆长枪让战无不胜的赵子龙也连连惊叹。也是在天水城下,因为对母亲的孝顺,姜维双膝跪在了诸葛武侯的四轮车前。此刻,我正站在姜维衣冠冢前,咀嚼着"但有远志,不在当归"的姜维精神,内心溢满崇敬。让我景仰的古人并不多,但姜维是其中一个。我的景仰不在于姜维的武功盖世,而在于他处变不惊的禅意人生。

胸怀朝圣般的渴望,我登上了麦积山,仰望着那如麦垛般堆积却已满是水痕的山顶静静惆怅。麦积山,一座神秘的山。五代人撰写的《玉堂闲话》中说:

麦积山者,北跨清渭,南渐两当,五百里岗峦,麦积处其半,崛起一
块石,高百万寻,望之团团,如农家积麦之状,故有此名。

麦积山山奇林郁,溪石联映,有"秦地林泉之冠"之美誉。登上山顶极目远
望,四面青山郁葱,重峦叠嶂,青松似海,云雾阵阵,远景近物交织,构成禅境般
的"麦积烟雨"之势。

麦积山以精美的泥塑著称于世,被雕塑家刘开渠誉为东方雕塑陈列馆。麦
积山石窟是随着丝绸之路的畅通,从十六国后秦时期开始营造的。据史书记
载,著名禅僧玄高、昙弘法师在此讲学,"聚集僧人三百"。北魏、西魏、北周三
朝,大兴崖阁,造像万千。隋、唐、五代、宋、元、明、清都曾不断开凿或重修。历
史上虽多次遭地震、火灾的破坏,仍保存着大量的窟龛、泥塑、石刻、壁画。那座
座塑像以及壁画上的人物,神清目朗,静坐凝视。我知道,他们在觉悟着禅的
真谛。

天水市区南郊的文山掩埋着一个安静的灵魂:飞将军李广。"但使龙城飞
将在,不教胡马度阴山。"王昌龄的这首《出塞》给我留下无尽的雄壮与苍凉。李
广是一支箭,飞速、锋利地射向匈奴人的心脏。李广有着一颗侠义之心,他屡屡
请战,他爱兵如子,他疾恶如仇。我喜欢与李广有关的故事。他出猎时看到草
丛中的一块石头,以为是老虎,张弓而射,一箭射去,把整个箭头都射进了石头
里。仔细看去,原来是石头,过后再射,却怎么也射不进石头里了。李广一听说
哪儿出现老虎,就亲自去射杀。他据守右北平时一次射虎,恶虎扑伤了他,最后
他带伤射死了这只虎。

这是发生在天水这块地域上的故事,神奇、侠义,点缀着天水的禅象。

与李广并称的还有屯田将军赵充国。李广是一支箭,赵充国是一片用剑铸
成的犁铧,于淡淡的剑气中坚守着和平的期盼。田野里闪烁着刀光剑影,为禅
意增添了新的解读方式。可惜的是赵充国的墓地在清水县,我没有时间去拜
谒了。

我品尝到了天水的美食:呱呱。这由荞麦制成的呱呱是天水最有特色的小
吃了,红油呱呱辣得我龇牙咧嘴。

天水若禅,这属于我的定位。上天之水在天水,它的禅象是上天的恩赐,是
这块土地的福音。

幻若仙境崆峒山

崆峒两个字我是从武侠小说里见到的，印象深刻的是来自西域的武林门派——崆峒派。单听山名之音，内心便弥漫空灵的感觉。

崆峒山在平凉市城西。它若神鹿蹲在那里东瞅瞅，西看看。东边是古长安，西边是兰州，南边有宝鸡，北边有银川，西北大地的重镇都在它的眼皮子底下。

在丝绸之路的历史上，又怎么可以少得了它的影踪呢？

六盘山自北向南，横亘在关中西去的道路上，崆峒山居其要冲。

我从长安出发，终于站在了崆峒山的脚下。

仰望崆峒，峰峦雄峙，孤峰兀立，真有仰止之叹；此刻云遮雾罩，不见其端，只似缥缈仙境。难怪广成子修道于此，此山之灵秀孤绝，想必是真人所求之境界吧。

现在上山需要乘车，想要用双脚摸索崆峒山的玄秘，恐怕也只有痴心求道的人了。旅游专线车很方便，从东门入，沿山路盘旋而上，峰回路转，每一个转弯都会迎来一处风景。古木森然，好鸟时鸣，山势渐陡，空气也越来越清润，偶或可见亭阁的飞檐一角。一路上不断惊叹于大自然的鬼斧神工，不觉到达了中台。迎面是一个高大的青石碑，上书"崆峒山"三个大字，是胡耀邦所题。路旁还有一诗碑，是谭嗣同所作七律《平凉崆峒》，我尤其喜欢其中的两句"隔断尘寰云似海，画开天路岭为门"，隔尘寰，开天路，实得崆峒山之神韵，与世隔绝之仙境莫过于此。

穿过朝天门，绕岩而上，山势越来越陡峭。又走了一段，终于看到耳闻已久的上天梯。据传，这是唐代仁智禅师最早主持开凿，明代嘉靖、万历年间，清代直至1932年，不断修葺并增补石阶、铁柱等，20世纪八九十年代又两次整修，将弯道取直下延，添置铁桩二十根，铁索二百余米。眼前的上天梯确实笔直陡峭，上与天通，攀爬之间，大有"平步青云"之势。一侧是如墙壁一样的山体，另一侧空空无凭，令人心悸。俯视下路，幽径穿林，药王洞、遇真宫、南崖宫等古建筑隐约可见，香烟缭绕。登至一半，小阁前立一石碑，上书"黄帝问道处"。相传黄帝曾到崆峒问道于广成子，《史记》《庄子·在宥》都有记载。台湾著名学者南怀瑾在《禅宗与道家》中写道："黄帝曾经拜过七十二个老师，遍学各种学问，最后西上甘肃的崆峒山，问道于广成子。"如此看来，黄帝是到了崆峒山，求道于广成子，才对广学博取的诸家学问融会贯通的。凭我有限的脑力和学识，实在想象不出这位神秘人物广成子。他一定是天地赐予人间的先知，他甚至无形无象，在通灵神秀的崆峒山为人指点迷津，指点人如何修炼神性，与天地、宇宙对话，参透泰否、祸福、损益的乾坤运行规律，获得自在的和谐生命。如今黄帝和他的导师都消逝在遥远的历史长河，或者他们根本就没有存在过，崆峒山的传说只是思想的附会。但一代一代人探索、思考、追问自我和茫茫宇宙的步伐没有停滞，如这山间的云霓，倏忽散去，瞬息聚合，似有似无，却永无断绝。我们不必考究传说的真伪，它毕竟给崆峒山增添了几分神秘，吸引着后来者络绎不绝地登临。秦皇、汉武因"慕黄帝事""好神仙"而效法黄帝登崆峒；司马迁、李白、杜甫、林则徐、谭嗣同等文人墨客在此留下了大量的诗词、碑碣等；宗教信徒寻仙访道，寻觅圣地幽谷，使这里终成道源圣地。但崆峒山的宗教不只是道教，在三教洞中，释迦牟尼居中，老子和孔子分居两侧，儒、释、道三教在这里和谐相处，成为三教合一的典范。现在我们仍可见历代兴建的亭台楼阁、宝刹梵宫、庙宇殿堂、古塔鸣钟，遍布诸峰。它们往往立在峰巅，下临无地，遥接天风，经岁月修磨，早已与高山融为一体。

棋盘岭的东、西、南三侧皆为绝壁，山体凌然跃出，岭上置一石棋盘，相传是两位神仙广成子和赤松子下棋的地方。驻足此处，把自己想象成山中观仙人下棋的王质，竟觉得"万事一梦幻"。极目远望，整个崆峒及四周群山像仙人巨型身体上的衣褶，褶皱起伏，绵延天际；又像奔跑的群兽突然静止凝固，首、足、躯体还保持着生命的律动。道观楼阁点缀于山腰峰巅，想象其中，必有一位老道，清癯健朗，长髯拂胸，每日冥然兀坐，"仰观宇宙之大，俯察品类之盛"，不禁陡增去留之意。风烟无尽，泾水长流，秦皇汉武而今安在？仙人已驾鹤西去，古人早已化为云烟，来者亦不知在悠悠天地的哪一处"以息相吹"，唯有眼前巍峨的崆峒山安然无改。反观芸芸众生，与世何争？争亦何益？

碧波潋滟的弹筝湖是崆峒山的心海。微风在郁郁葱葱的树林里闲游，拨弄得树叶沙沙作响，婉转清脆的鸟鸣在远处时起时没，似乎能听到水流的声音，真如古筝一曲，铮铮叮叮，飘在我的耳际。我凝神谛听，仿佛禅乐从胸中掠过。俯视山下，群山仿佛覆盖着一张绿色的毯子，正环抱着清澈宁静的湖，湖面没有一丝涟漪，像一面巨大的镜子，把葱翠的山、碧蓝的天和洁白的云都融在自己的柔波里。但它并不欣喜若狂，也不骄躁自得，平和优美得像一幅画，在阳光的照射下，更增几分大气与圣洁。这美丽的崆峒山让我体味到了人在画中游的美妙感觉。难怪儒、释、道三教都在此安居，文人雅士竞相到此览胜。身处其中，竟如在瑶台仙池里走了一遭。

崆峒山并不只是仙界，它也是行走江湖的侠客喜爱之处。崆峒武术与少林、武当、峨眉、昆仑等武术流派驰名华夏，当代武侠小说巨匠金庸先生也盛赞："崆峒武术，威峙西陲。"杜甫当年也抒发豪情："防身一长剑，将欲倚崆峒。"我猜想，在对面隐约可见的山洞里会不会藏着什么秘籍、宝典？

返回到中台，又入一处寺院，寺门书"法轮寺"，是赵朴初手书。寺里古柏参天，香火缭绕，一片肃静。从道教的世界来到佛教的世界，完全不同的世界却有着完全相同的宁静。

一钩残月当空，回望崆峒山，隐约可见缥缈的灯光，在暮色苍茫中，险峻的崆峒山显得更加神圣了。

再见，崆峒山！我是匆匆过客，虽非佛道人士，但并不拒绝参禅悟道。身处山巅时，内心时时感受到了那份与世无争的宁静。告别了崆峒山的寂静，走出佛和道的世界，回到霓虹闪烁的喧嚣中，我的内心还能保持那份宁静吗？

我在想着，当年的丝绸之路上，张骞是否上过崆峒山？还有那些商人僧侣，经过此地时，是否肯停下匆忙的脚步，来领略一座山的禅意呢？

时光太遥远了，我什么也不清楚。

武威何不威武

武威,一听名字,就让我振奋。

丝绸之路上的每个地名均背负了几千年的旅程,都有着悠久的历史。武威也不例外。

武威是丝绸之路的必经之地,凡东西贸易,难以绕过。乌孙人、月氏人、匈奴人、羌人、汉人曾在这里争战数个世纪。

我很早就知道凉州,是源于古诗词。一是王之涣的《凉州词》:"黄河远上白云间,一片孤城万仞山。羌笛何须怨杨柳,春风不度玉门关。"二是王翰的《凉州词》:"葡萄美酒夜光杯,欲饮琵琶马上催。醉卧沙场君莫笑,古来征战几人回?"三是岑参的诗句:"弯弯月出挂城头,城头月出照凉州。凉州七里十万家,胡人半解弹琵琶。"

读了书,还知道《西游记》中有个西凉女儿国,《三国演义》中有个西凉马超。但无论如何,我也没有把它和武威衔接在一起。

唐诗中有这么一个有趣的情节:岑参一次由西到东路过凉州,已经是三月天气了,想是渭北春已老,而凉州城里还没有脱下棉衣。他与一位七十多岁的卖酒老头开玩笑:你一辈子恐怕卖了千壶百瓮酒了,路边的榆钱儿像铜钱一样,摘下来买酒你肯吗?

美国有一位叫谢赫的学者,写了一本书叫《唐代的外来文明》。他如此描述凉州:"凉州是一座地地道道的熔炉,正如夏威夷对于20世纪的美国一样,对于内地的唐人,凉州本身就是外来奇异事物的亲切象征。凉州音乐既融合了胡乐的因素,又保持了中原音乐的本色,但它又不同于其中的任何一种,这样就使它听起来既有浓郁的异国情调,又不乏亲切的中原风格。"

远在原始氏族社会时期,武威就有人类的足迹。而最鲜明的是它多民族混融的强烈色彩,胡汉杂居,民族构成复杂。西羌、西戎是这一带的古老居民,秦汉之际,月支、乌孙、匈奴占据河西之地,羌戎各部分布到了陇东、陇南等地。随着秦汉王朝在这里建政设郡,戍边屯垦,大量内地汉人移居河陇,也在这里安置了众多少数民族居民。西汉中叶,汉武帝通使西域,在武威设郡。当时,这里就已是中外往来和交通要道,成为丝绸之路的必经之地。魏晋、隋唐时期,佛教盛行一时,亚欧大陆交往越来越频繁,这里便繁荣兴旺起来。

远在匈奴控制着河西走廊时,武威叫姑臧。据史书记载,姑臧的城址不呈方形,有头,有尾,有两翅,共七城。南北七里,东西三里,形状若鸟,因此又称鸟城;形状像龙,所以又称卧龙城。

汉以后,历代朝廷都在武威设置州府,成了长安以西最大的都会。霍去病奉汉武帝之命征伐匈奴,带领大军从祁连山口进入河西走廊,转战五个匈奴属国,几乎抓住单于的儿子,杀死了匈奴的折兰王、卢侯王,俘虏了浑邪王的儿子、相国、都尉和休屠王的祭天金人。匈奴在河西十分之七的军力被一举消灭,河西走廊从此被打通。为了表彰霍去病的显赫武功,汉武帝将此地命名为武威。从此,历史记住了这个地名,也记住了这个年轻的将军。

除了刀光剑影的战争史外,武威还是一个人文底蕴深厚的城市。委婉优美的凉州词就发源于这里,唐朝著名诗人李益的故乡也在这片美丽的土地上。古往今来,历代的文人骚客赞美这个地方,留下了大量歌颂它的诗词。"莫道武威是边城,文物前贤起后生。"这是清朝诗人许荪荃咏颂武威的诗句,道出了它人杰地灵的辉煌历史。

我去武威的时候正是冬天。从兰州往西,火车一直行驶在一条窄窄的河谷里,河谷两边是光秃秃的荒山,褐黄色的土地赤裸裸地暴晒在太阳下,没有一点绿色。河谷里绿树成荫,一条水流清亮的小河蜿蜒在一块块麦田之间。村庄相连,阡陌纵横。一时间,我竟以为这里是河西走廊了。

前面有一座难以翻越的天堑——乌鞘岭,当地藏民叫它哈香日,年平均气温在零摄氏度以下,志书记载这里"盛夏飞雪,寒气砭骨"。亚洲最长的铁路隧道修成后,昔日的天堑今天已成坦途。过了乌鞘岭,就到了金关银锁的古浪峡,两边山势高峻巍峨,险要异常,这里是进出河西走廊的要道,自古就以"驿路通三辅,峡门控五凉"的重要位置而闻名遐迩。

过了古浪峡，眼前突然开阔起来，逶迤不绝的高山渐渐往天边越退越远，视野随之开阔，极目所望，不见天际，只有一片苍苍茫茫的大平原。真没想到，河西走廊不是想象中的狭窄，它的土地竟这样广阔无垠。

车子到了武威，古城墙楼上刻着"凉州"两个大字。这就是那个萦绕在梦中千百次的战马嘶鸣、将士纵横，汉武帝派大将霍去病出征河西，西击匈奴，大获全胜的河西走廊东端之咽喉重地：凉州。

正是在这样广阔的土地上，才能出现彪悍威猛的关西大汉，才能出现如狼似虎的西凉大军，才能培育出三国时期马超这样神勇的将军。凉州，一个在史书上频繁出现的地名，就在眼帘之中了。

武威城内有一座建于明代正统年间的文庙。这里收藏有珍贵的西夏文碑，还有元代的高昌王世勋碑、西宁王碑，是研究西夏和回纥民族历史的第一手资料。城内大云寺里有一口唐代铜钟，高二点四米，直径一点二米，有很高的工艺价值，形质古朴，声音洪亮。

武威最重要的古迹是一马（铜奔马）、一碑（西夏碑）、一寺（白塔寺）、一窟（天梯山石窟）、一塔（罗什寺塔）、一庙（文庙）。

铜奔马：中国旅游标志，被誉为古典艺术品的最高峰。

西夏碑：独一无二的稀世珍宝，是我国研究西夏历史少有的实物资料。

白塔寺：元代阔端太子与西藏佛教领袖萨班举行凉州会盟之地，是西藏正式纳入中国版图的历史见证。

天梯山石窟：被称为中国石窟之祖，是我国早期石窟艺术的杰出代表。

罗什寺塔：三藏法师鸠摩罗什讲经说法之地。

文庙：全国三大孔庙之一，其规模"壮伟宏耀"，为"陇右学宫之冠"。

三套车，一个怪怪的名字，居然是武威的美味小吃。

三套车指茯茶、行面、腊肉三样食品，它们是组合起来捆绑在一起卖的，如三驾马车一样缺一不可，缺了一样便不完美。

先说茯茶。一杯滚烫的茯茶，酸甜开胃，消渴解乏。这茶中有山楂、桂圆、红枣、枸杞、锁阳、葡萄干、核桃仁，经长时间的熬煮，喝前另加冰糖。茯茶的汤汁呈赭色，像红茶，像咖啡，更像葡萄酒，深沉中透出暖意，很诱人，尤其在哈气成霜的寒冬。

二谓行面。将面加水揉匀后，让其"醒"半个小时。待面"醒"后，经搓揉抻拉，便可成型。这面条可圆可扁，圆的筷子般粗细，扁的手指般宽窄。满满的一碗面条，浇上稠卤汁——这卤是勾了芡的，厚实明亮。卤中有胡萝卜丝、芹菜丝、肉丁、肉片等诸多配料,可谓内容丰富。这面滑爽筋道,既耐嚼,又熬饥。

三为腊肉。腊肉是将新鲜猪肉用老汤老卤经文火长时间焖制出来的。这肉色泽金黄,肥而不腻。至于腊肉分量的多少、肉块的大小厚薄,随顾客的心愿。一盘腊肉随意地码放在盘中,撒上青椒丝、大葱丝、香菜丝,算是点缀和调味。这种摆放不像豪华饭店那样过于严谨,讲究章法,它于随意中透出从容闲适的生活态度。这腊肉的口味既不齁人,也不寡淡。你可就着茶吃,也可拌在面里吃,悉听尊便。

武威三套车的店铺集中在北关市场一带,一家挨一家,就连店前的空地也搭起了凉棚。一溜摆放的桌椅,好几十张,很有气势。从早到晚,行人川流不息,吆喝声、锅勺声、赞叹声响成一片。

在这里享用三套车,你可以充分享受上帝的待遇,任意挑选一家茶馆,落座后,任意点哪家的面食和哪家的腊肉。之后的一切,有茶馆的老板跑腿代劳,你只需品茶便可。

武威人厚道,我每次吃了三套车后,总是让店家把我随身带的饮水瓶灌满茯茶,然后回去慢慢享用。

还有一种食品:果木烤鸡。

武威市郊有很多果园,种的是梨树和苹果树。果园里有一种特别好吃的东西:果木烤鸡。一处果园里一户人家,养有狗和鸡,车子刚到门口时,就能听见狗的狂吠,然后是主人迎出来的声音:"吃几只鸡呀?"桌子就放在高大的梨树下,远处是苹果林,宛若陶潜笔下的桃花源。正值秋天,苹果被早霜打得红扑扑的,累累地挂满了枝头。果园的主人摘下一大盘子苹果,洗好后端上来。然后是一人一大杯烧得热滚滚的砖茶,里面放一点盐,喝起来别有一番味道。据介绍,果木烤鸡是事先将各种调料放入生鸡腹中,然后用点燃的果木慢慢烤熟。这种方法做出的烤鸡可散发出天然果木清香,皮酥肉嫩而不腻,不仅色泽诱人,而且味道酥香。我们要吃现烤的鸡,得等一个多小时。在等待的过程里,鸡的香味从泥炉子里飘来,诱惑得肚子咕咕地叫起来……终于,黄澄澄的烤鸡端上来了,还有一碟葱、一碟蒜,味道好极了。

令我无法想象和描述的是,武威的饮食文化可谓兼容并蓄,南北口味融为一体,其风味食品历史悠久,制作精细,品种繁多,远远胜于川陕,而且经济实惠。小吃的品种之多,我无法一一描述,报上几个名字,便可让人垂涎三尺:面皮、油炸糕、米汤油馓、炸油馓子、满族饽饽、燕窝酥、青粉、黄粉、沙米粉等。

说起武威,还有一件美味:天梯山的人参果。

人参果，很多地方都有，不过我平时吃到的几乎都是南方过来的。武威的人参果，据说是《西游记》里唐僧、孙悟空、猪八戒、沙僧吃的那一种。《西游记》中生长人参果的万寿山实为武威天梯山，果树因长期生长在海拔两千二百米以上气候温凉，土壤、空气无污染的特殊地理环境中，采用绿色食品标准生产，果肉厚，实汁多，无核，口感爽脆，是一种回归自然的保健水果，有独一无二的药用价值。我在武威的那几天里，不仅天天吃人参果，而且在离开时还不辞千辛万苦，装了两大箱。

武威的马踏飞燕是中国的旅游标志之一，而在我的意念里，它更是丝绸之路的精神标志。

从天祝县出发向西北而去，左边是马牙雪山，右边是祁连山脉，公路就夹在两座大山之间。远远望去，山顶的积雪与蓝天的白云交融，仿佛很远，又似乎很近，让我一时分辨不清哪里是雪山，哪里是云朵。祁连山脉连绵不断地延伸着，把黄土高原硬生生分割成两个世界。

古浪县城紧贴公路一晃而过，一块硕大的石头立在公路旁边，好像是一个县城的标志。车在昔日的丝绸之路上奔驰，我仿佛看到了一行骆驼映在夕阳的余晖中，听到了声声驼铃回荡在苍茫的黄土高原上。看着连绵的山峰和漫长而宽阔的峡谷，我仿佛看到了古代的勇士们在这片土地上策马奔腾，征战疆场。

第二天早上起来吃过早饭，我便迫不及待地向雷台赶去，终于见到了马踏飞燕。它被置于几十米高的石碑上，抬头仰望，奔腾的骏马在湛蓝的天穹里昂首嘶鸣，举足腾跃，一只蹄踏在飞翔着的燕子身上，仿佛是腾飞的天马，形体矫健俊美。看着它凌空飞舞的奇特造型，在为古代的能工巧匠的奇妙构思惊叹不已的同时，我的身体也仿佛腾空而起。

沿着青砖和白砖铺就的路往后走，一个土红色的大坑里分列着似乎正在行进中的青铜车马队，向世人展示着武威曾经的辉煌和历史。进了雷台观大门，三棵树立在墙边，仔细一看，原来只有一棵树，其他两棵树是用水泥做的模型，是用来扶助中间那棵大树的，树下面开着五颜六色的花儿。雷台仿佛一段红砖砌成的城墙，从一个写着"一号汉墓"的圆拱形门洞里进去，经过一段通道，通道两边做成窑洞式样的格子里摆着龟趺、独角兽等雷台出土文物的简介，旁边还有一口深井，里面投了不少的钱币。再往前走，眼前呈现出一个用砖砌成的古墓，因为年代久远，为了防止坍塌，里面用铁管支撑得十分坚固。据说这是"守张掖长张君"之墓。从这个墓里出土了大量的文物和古钱币，被称为丰富的地下博物馆，马踏飞燕就出土于这里。墓的上方是台，宽敞的石阶两旁绿树成荫，彩绘的大门上书"步云"两个苍劲的大字,里面建有雄伟的庙宇,还有参天的松柏郁郁葱葱。距离雷台不远处建有雷台汉文化博物馆,里面陈列着许多出土文物。

出了雷台,我们又去了文庙。这是明朝的建筑,为历代文人墨客祭祀孔子之地,被称为陇右学宫之冠,是目前西北地区建筑规模最大、保存最完整的孔庙,是全国三大孔庙之一。进入院内,参天古柏古朴静雅,状元桥上缠满了红色的丝带,再向前是翘檐飞角、气势如虹的一座木质牌桥:棂星门。大成殿建在石筑台阶上,明清的建筑风格让它显得庄严而雄伟。而给我留下记忆的是那些悬挂着的牌匾,像书城不夜、聚精扬纪等,书法苍劲有力,富于立体感,从不同的角度看去,一会儿是阳文,一会儿又变成阴文了。孔子行教像巍然屹立在绿树丛中,以圣贤的目光注视着每一个前来瞻仰的人。

在这样的地方,步子不急,心若止水。在院中漫步,端详那文昌宫、桂籍殿等古建筑,思维瞬间穿越到了古老的时光隧道。我恍惚看到那些手捧四书五经、摇头晃脑地吟诵着"之乎者也"的古文人。

用过晚餐,于华灯璀璨的街道悠然漫步,忽然想起了唐朝的两位诗人王之涣和王翰所作的《凉州词》,也不知道与如今的武威有没有关系。但无论诗也罢,歌也好,黄河、孤城、羌笛、杨柳、美酒、琵琶、沙场等这一连串的词语与如今的武威似乎都很陌生,只有温柔的杨柳依旧婆娑,红红的葡萄酒依旧甘醇甜美。

雪域高原、绿洲风光和大漠戈壁等自然景观与历史文化交相辉映,让武威这座城市具备了品味的价值。

武威还有很多风景名胜:白塔寺、沙漠公园、天梯山石窟……我没有看到,有点遗憾。

武威,我还会来的。

诗画张掖

推窗而立,祁连山脉如黑色的马群,倚风静立,静卧在岁月的源头。云朵、群山、雪线、水路,远远地,行走如画。阳光、雨露、月色、星辉,浓如颜料,淡似墨迹。青稞酒的炽烈,丝绸般的轻柔。

诗一样的画面,这便是张掖的背景。

张掖古称甘州,地处河西走廊的咽喉地带,是当年河西走廊最富饶的地区,是丝绸之路上的枢纽。西魏时期(535—556),西域商队云集张掖,东罗马帝国和波斯的钱币可在张掖交易中使用,张掖成为国际贸易城市。隋代(581—618),张掖成为经营河西和西域的大本营,民族贸易异常活跃。609 年,隋炀帝西巡,亲自在张掖主持有西域二十七国使臣、商贾参加的互市。此后,张掖贸易日益繁荣,由中西贸易的中转站逐步发展成为对外贸易和对外开放的窗口。

遥远的时光里,张掖会是怎样的繁华? 我闭着双眼,努力想象着。遥远的时空割不断我的思考和想象。

一城山美,半城塔影,遍地古刹,这便是全盛时期关于张掖的描述。

张掖亦是西来佛教兴盛的圣地之一,史上的张骞、班超、法显、玄奘和马可·波罗等人都曾在此留下足迹。

两千多年来,张掖孕育了无数或平和富足,或惊心动魄,或拼死搏杀的波澜壮阔的历史风云。当这里是商贸通途时,马嘶驼铃不绝耳,小商巨贾奔于途,一片歌舞升平;而当要争夺这要冲时,战车隆隆杀声震,人仰马翻尘蔽日,一幅惨烈悲壮图,正是"由来征战地,不见有人还",何其残酷与凄怆……

此情此景,诗人陈子昂在《还至张掖古城闻东军告捷赠韦五虚己》里就有描述:

> 孟秋首归路,仲月旅边亭。闻道兰山战,相邀在井陉。
> 屡斗关月满,三捷虏云平。汉军追北地,胡骑走南庭。
> 君为幕中士,畴昔好言兵。白虎锋应出,青龙阵几成。
> 披图见丞相,按节入咸京。宁知玉门道,翻作陇西行。
> 北海朱旄落,东归白露生。纵横未得意,寂寞寡相迎。
> 负剑空叹息,苍茫登古城。

河西走廊有句谚语"金张掖,银武威",能把自己的名字冠在武威之前,张掖的富饶无须多言。年轻时读陶渊明的《拟古(其八)》,内心渴望着一睹张掖的真面目。诗里是如此描述这座古城的:

> 少时壮且厉,抚剑独行游。谁言行游近?张掖至幽州。
> 饥食首阳薇,渴饮易水流。不见相知人,惟见古时丘。
> 路边两高坟,伯牙与庄周。此士难再得,吾行欲何求!

我的眼前出现了一条河流:弱水。在痴男怨女的情爱长河里,弱水扮演着试金石的角色。看到这条河的名字,我的心里升起一种别样的滋味。这滋味源于《红楼梦》中宝玉那句痴痴的情话:"任凭弱水三千,我只取一瓢饮。"

弱水的历史十分古老,《尚书》中就有"导弱水至于合黎"的记载,而叫它弱水,是因为它湍急清浅,不能用舟船渡河,古人认为它过于羸弱,就把它称为弱水。而正是这条四季流淌的弱水,在张掖的土地上织成了一张沟渠纵横的水网,从而把这方大漠荒土变成了塞外富饶的江南。

上善若水,厚德载物。老子的《道德经》里以水喻道,赋予自然、人事的大道理一种耐人寻味的玄妙。人常说"心如止水",恬淡无为,心虚意净,不落尘网,这是一种很高的精神境界,以静养智,以静制动,静观其变,向来是成大事者内在的修为。平静的湖泊看似清澈湛然,其实谁也看不透它内蕴的力量,一旦决堤,则汪洋恣肆,摧枯拉朽,势不可当。湍急的流水是混浊的,而经过流动、沉淀浊物,荡涤污秽,达到自净。

因了弱水,张掖便水草丰美,成为天然的牧场。李白诗中的"明月出天山,苍茫云海间。长风几万里,吹度玉门关"的天山,则是此天山而非彼天山,实为玉门关之东的祁连山。

人到中年,我终于来到了张掖。

从车窗望去,豆荚、小麦,一片片翠绿和金黄,一地一地惬意地生长,泼洒粮草的芳香。一处处园地挤满树木,枝头缀挂着鸟语和果子。我不敢相信,眼前这片色彩纷呈的土地,就是印象里"大漠孤烟直"的那个张掖。

张掖的历史云卷云舒,博大厚重。岑参在《送张献心充副使归河西杂句》里如此描写张掖:

> 云中昨夜使星动,西门驿楼出相送。
> 玉瓶素蚁腊酒香,金鞭白马紫游缰。
> 花门南,燕支北,张掖城头云正黑,送君一去天外忆。

两千多年前,张骞出使西域时,带着一百多人马从这里踌躇西进,可谓"春风得意马蹄疾"。而当他在西域历经多次被囚和出使失败的磨难打击,十三年后再次出现在这条漫漫风沙路时,仅余两个人垂头丧气地蹒跚东回。更壮烈的是,在张骞稍后,中郎将苏武出使西域,也是从张掖西行,同样也历尽磨难,受尽被囚、酷刑、流放等摧残,但其依然对大汉忠贞不渝。苏武从这里西行时四十岁,可谓意气风发,可当他再次出现在这里往东走回中原的长安时,已是十九年后,胡须、头发全白了,出使时带的旌节仅剩一条光棍。他的忠义留下了"有气节的大丈夫"之美名,更为世人留下了苏武牧羊的千古传奇……

马上望祁连,连峰高插天,这是古人的感受。我在车窗里望祁连,却无法领略到那样的感觉。经过山丹时,见有石油基地,车辆多起来,有工人在忙碌施工,像在修路,又像是在铺石油管道。车窗外的一侧是延伸不断的土墙,高低宽窄不一,开始以为是军马场的围墙遗迹,后从烽火墩的标识才认出了古长城的面目。

眼前的张掖,又重见富庶的川道,树林遮掩着绵延的村舍。忽近忽远的祁连山依然不离不弃地伴随着我们,永远是一副冷峻的表情。灰红的砂岩,几乎寸草不生,它是自然界的屏障,也曾是古时戍边将士为之心旌飘摇、肝肠寸断的地方。我们被藏匿在现代列车中飞速西去,而从长安抵达这山脚下的驼队需要多少个昼夜?

萧瑟的北风里,驼队的铃声荡气回肠,在茫茫戈壁中回响。羌笛、鼓角、金戈、铁马,遥远的历史凝成大漠永不分化的诗章,任凭千里风沙传唱不休。悠长、遥远、迷蒙的云烟,留给我神秘的遐想。

第二天,我起了个大早,独自一人在城内转悠,想感受一座古城的历史气息。

我站在了一座古楼前,这座楼叫镇远楼,俗称鼓楼,平面方形建在一座砖砌的坛上。楼高三十多米,为三层木构塔形,飞檐翘角,雕梁画栋。楼下有十字洞,通向东西南北四个方向。镇远楼于明正德二年(1523)由都御史才宽负责兴建,清康熙、乾隆、光绪年间曾数次维修。现在洞门上方嵌刻着匾额,东为"旭升",西是"贾城",南题"迎熏",北则"镇远"。鼓楼一层飞檐四面悬有匾额,东面写着"金城春雨",西面题为"玉关晓月",南面则留"祁连晴雪",北面却是"居延古牧"。

走进大佛寺,殿前的对联是:"视之若醒;呼之则寐"。这是我国唯一的一座西夏佛教寺院,建于西夏永安年间。卧佛身长三十五米,肩宽二点五米,是中国最大的室内卧佛。大佛寺属于西夏王之庙。此庙存在于北宋与南宋之际,足以反映中土王朝在丝绸之路上的衰落。这里的佛塔起初为藏传佛教的造型,经元历明,遂有演变。现在基座是中式的,不过顶部仍保持藏传佛教的造型。

卧佛睡相自然,神态优美,意大利旅行家马可·波罗在其游记中对张掖卧佛曾大为赞赏:走进阴凉晦暗的大佛殿时,硕大的木胎泥塑佛正在侧卧午睡。我小心翼翼地看着这尊彩塑金粉斑驳的卧佛。实际上,这里描述的是释迦牟尼涅槃的场景,他身后的十大弟子个个脸色悲戚。但光看大佛生动的面容,会觉得他不过是在午睡,在某个时候他会振衣而起,抖落千年的风尘,讲述他所悟出的禅语。寺里的藏经阁珍藏有明英宗赐给大佛寺的六千多卷佛经,有的还是以金银粉书写成,当年印制佛经的雕版也保留下来了,依旧精致华丽。

据说大佛寺曾是一代君王元世祖忽必烈降生的地方。相传元世祖忽必烈的母亲别吉太后曾来此居住,并在寺中生下忽必烈,后来马可·波罗来中国旅游时慕名到张掖,一住就是一年。

观鸠摩罗什寺,见证了印度人佛法东播的功德;观大佛寺,领略着党项人对佛法的虔诚。没有丝绸之路,也许中国就没有佛教。显然,佛教之中国化,是包括西域各民族法师在内的信徒共同达成的。

在城里,我没有过多地逗留,而是在朋友的引荐下去了丹霞山。

七彩丹霞山风景区坐落在肃南县以西。汽车驶出张掖,不到一个小时,我便来到了冰沟丹霞景区。下车后环顾四周,一条简易的石砌小道弯弯曲曲一直延伸到峡口中,感觉这里依然保留着原始尚未完全开放的状态。或许我来得太早,景区很少有游客,匆匆的脚步声打破了它的沉寂。沿孤寂的小道向前,环顾周边山体,见不到一棵树,甚至连绿草都难觅踪迹,四周一片荒芜、寂静。

陪同我的朋友虽不是地质学家,但对张掖丹霞地貌的形成还是知道的。他告诉我,张掖丹霞地貌形成于六百万年前,面积有五百一十多平方公里,是丹霞地貌与彩色丘陵景观复合区。

沿着小路进去,周围都是红色的大岩石,像是在红岩的峡谷里穿行,一个转弯忽然豁然开朗,一个大的观景平台,周围各种形态的丹霞地貌,纵横林立,感觉突然间来到一个新的天地。七彩峡、七彩塔、七彩屏、七彩链、七彩湖、七彩大扇贝、火海、刀山等奇妙景观令人不得不赞叹大自然的鬼斧神工。

我终于目睹了那奇特的地貌。由红色砾石、砂岩和泥岩组成的地貌,交错层理,四壁陡峭,色彩斑斓,它集广东丹霞的悬崖峭壁,峰林石柱的奇、险、美和新疆五彩城的色彩斑斓于一体。古诗云:"高峰壁立老龙蟠,削出芙蓉作画看。"置身其中,其景色之美令人晕眩,堪称七彩神仙台,比敦煌魔鬼城的雅丹地貌面积更大,分布广阔,气势磅礴,场面壮观,形态丰富,造型奇特,色彩艳丽,举世罕见。

张掖的丹霞地貌如果用文字来表达,仅有两个字:震撼。其气势之磅礴、场面之壮观、造型之奇特、色彩之斑斓,大自然的鬼斧神工令人惊叹。它不仅具有一般丹霞地貌的奇、险,而且更美的在于色。在方圆十几平方公里的范围内,随处可见红、黄、橙、绿、白、青灰、灰黑、灰白等多种鲜艳的色彩,把无数沟壑和山丘装点得绚丽多姿。在阳光的照射下,有的似金色的麦垛、金字塔、堡垒、殿堂、亭阁,一字排列,绵延几里。从高处眺望,好似一段色彩艳丽的丝绸飘在大地上,绽放出炫人眼目的光彩,似五光十色的璀璨宝石……

我步入山门。天阴沉沉的,偶尔还飘着几丝细雨。穿峡谷,绕山丘,经过一号二号观景台时没有停留,径直向三号观景台走去。一路上见不到房舍帐篷,见不到乔木灌丛,贴地生长的小草给这彩色大地增添了绿的信息,一切都显得那么原始。走在这空旷之地,我多了几分探险的感觉。赶到三号观景区的时候,天逐渐放亮了,阳光不时从浮动的厚云中透出,使山丘显得格外绚丽。三号观景区是一处丹霞地貌密集区,一座座彩山突兀陡峭,造型奇特,形态各异。大自然在这里造就了一尊尊不同凡响的巨型雕塑,那色块线条如同技艺高超的刀工所为,令人叹为观止。交错的层理,华贵的纹饰,虽然千差万别,却毫不杂乱,美得令人晕眩。到了观景台上,又见彩山逶迤,沟壑交错,气势磅礴,场面壮观,色彩斑斓,魅力无限。

从三号观景台回返,眼界逐渐开阔。大大小小的丘陵星罗棋布,小径弯弯曲曲,真是步步有景致,处处有故事,恰似走进了童话世界。

二号观景台比较平坦,正是居高临下的好地方。一望无垠的彩色丘陵此起彼伏,在阳光下十分耀眼,置身其中,不由自主地被这博大精深的彩色王国所吸引。我坐下,闭上眼睛,脑海里幻化出龙游虎跃、大海行舟、玉宇琼楼的种种幻觉。自然界美好的景色,单凭肉眼是无法悟出其妙的。绝妙的景色,有时要用心体悟。

一号观景台在山丘的脊梁上,山的下边是一条不太长的峡谷。站在山脊上,后面是密布的峰林石柱,前面是一座彩色屏障,左前方可见远处半露的绿洲。正好有人牵着骆驼从下面经过,驼铃叮当,分外悦耳。这正是:古道幽幽入仙境,驼铃声声送客行。满目神奇览不尽,妙在匆匆一游中。

随着山势的变化,在前方山头上的丹霞景观中,一座座山头上形象地展现出多种多样的奇妙造型。有的像飞鹰,有的似猛兽,有的如同巨龙腾空,有的宛若骏马驰骋,沟谷弯弯曲曲,约有四公里长。

愈往里走,峡谷愈狭窄,山势愈险峻。在一个陡弯处,一侧的峭壁倾斜着,仿佛要倒下来,幸好山脚下有一块丈余高的巨石,及时地抵住了那面即将倾倒的峭壁,才化险为夷,使那面峭壁稳稳立住。在那儿,峡谷通道也被巨石堵塞,只在那巨石和峭壁之间形成了一个石洞,我就从那石洞中钻了过去。过了石洞,又转过几道弯,前边山势陡然大变,峡谷两侧的悬崖绝壁忽然冲天而起,横空截断了蓝天。站在狭窄的山谷里抬头仰望,接天的峭壁直上云霄,万年的风刀雨剑依然毫不留情地在崖壁上挖开了数不清的孔洞,那是古老岁月留下的痕迹,在那高空密布的孔洞里飘散出缕缕引人遐想的神秘之气。你凝神望去,仿佛那不是一架巍峨的高山,而是古代的一座历尽沧桑、顶天立地的城堡。你仰望着这罕见的壮观景象,霎时感到如在幻境,心头顿觉无比震撼。

再向前走,前边的一段峡谷皆是如此景象。两侧的山崖没有一点坡度,陡峭地直插云天。狭窄的峡谷只有几尺宽,两侧的峭壁面对面,几乎触手可及。置身在这等奇特境地,就好似进入了神话般的玄妙王国,又仿佛走进了《一千零一夜》的离奇故事中,不由会觉得四周亦真亦幻,险象环生。真的难以想象,如此险峻的峡谷是怎样形成的,面对此景,我唯有惊叹大自然的神奇威力,对自然界的万千奇迹无比敬畏。这便是我在书本上看到的"宫殿式窗棂状"的丹霞地貌。威武的城堡,巍峨的宫殿,茂密的丛林,奇异的鸟兽……亿万年的风雕雨蚀,造就了如此虎踞龙盘的自然景观。

在峡谷中段约一公里深处有条山沟。沟里有山中唯一的一棵树,当地牧民尊之为神树。那是一棵大叶胡杨,当地的蒙古族牧民年年都来顶礼膜拜,数百里外的藏胞也慕名翻山越岭前来敬献哈达,虔诚地叩拜祈福。它的身上常年缠裹悬挂着洁白的哈达。

置身在群山之巅的观景台上,我体验到了"会当凌绝顶,一览众山小"的豪迈。纵目四望,广阔视野里的丹霞地貌奇观尽收眼底,四周林立的山峰竟都显示出壮丽的红色,好似披上了万道霞光。远近山坡的低处,一丛丛耐旱的骆驼刺在春风里呈现出浓郁的绿色,如同给起伏的山野披上了绿色的地毯,又如汹涌澎湃的海水泛着阵阵绿波。在那翻腾的绿海之上,一座座赤红的峰峦势不可当地冲破海面,有的如茂密的树林,有的似残缺的城堞,有的像久经风雨的古堡,有的仿佛是巍然屹立的宫殿。巍峨璀璨的红色峰峦,好似漂浮在绿波荡漾的大海之上,画面上方红色的群山和下面绿色的海浪恰如波涛起伏,波澜壮阔。

张掖丹霞地貌以它那层理交错的线条、色彩斑斓的色调,书写着渴求、激情、艰险,抒写着坚韧、刚毅、顽强。一种刚烈和血性的凝结,一种深沉而又寂静的燃烧,一部恢宏的大作,一份生命中纯粹的真知。置身于这绝色的海洋,我恍然觉得自己生出了翅膀,有种想飞的欲望。

酒泉，被沙漠掩盖着的辉煌

酒泉注定与酒有关。

酒泉得名于当地的一眼泉。在大漠的背景下，竟然掩藏着一眼泉水，喝着它，尝到了酒的味道。酒泉之名由此而来。

"其水若酒，故曰酒泉也。"这是东汉应劭在《汉书·地理志》所作的注释。

《汉书》里还说："有泉出城下，其味如酒。"酒泉靠祁连山冰雪滋养，当然有泉；以酒比水，言泉水之甘洌、珍贵。

唐代李吉甫在《元和郡县图志·陇右道下》中曰："以城下有泉，其味若酒，故名酒泉。"

先秦时期，酒泉是羌戎据守的地方。秦朝时期以及汉朝初期，酒泉由月氏统治。直到汉文帝年间，北方的匈奴强大起来，将月氏的大部分赶到伊犁河上游，取代月氏的统治，这段时间，酒泉称匈奴右地。

到汉武帝刘彻时，国家繁荣，兵力强盛，这位雄才大略的皇帝无法忍受对匈奴软弱的和亲政策，于是数次派大将攻打匈奴。公元前 121 年，汉武帝派霍去病进军河西，打败浑邪王，把匈奴逐出玉门关外，又迁中原几十万人来此地居住耕田。霍去病倾酒入泉与大军共饮的传说，就发生在这段时期。

酒泉与一位叱咤风云的大将军的名字连在一起。霍去病西征匈奴大获全胜，汉武帝亲赐御酒一坛犒赏将军。霍去病没有独贪，而将酒倒入泉中，与将士们同饮共享，酒泉因此得名。

两千年前的酒泉是汉武帝对外开放的窗口。长安和酒泉，两个古典的名字

33

通过丝绸之路连接在了一起。一首诗这样写道："汉宫的秋月如水，流淌着千年守望。如玉的容颜，消失在燕山，被风沙累积为经幢，在孤烟落日中唏嘘为千年的咒怨，呜咽为枯瘦的酒泉，日夜流淌。"

酒泉是东西方文化的交会点，中国文化、印度文化、阿拉伯文化、波斯文化、希腊罗马文化……所有的文化和宗教都在这里产生了影响。两千年来，这里一直是各种文化传播交流的中心，儒家、道家、佛家、伊斯兰教、基督教云集，可谓宗教的大观园。今日之酒泉，周边分布着回族、藏族、维吾尔族、蒙古族、裕固族、东乡族、哈萨克族……

作为丝绸之路上的军事、交通重镇，酒泉闪烁着璀璨的光芒。汉唐时期，酒泉就是中国和中亚、西亚及欧洲商人往来、文化交流的枢纽，也是西域文明及印度佛教的传播站。它山川秀丽，南有祁连山，北有合黎山，云山邈远，大漠苍苍，沙砾天涯，蜃楼映秀，酒泉犹如一块美玉镶嵌其间。更有独特的肃州八景和酒泉八景相间，宛若一幅幅美丽的画卷。

酒泉是一个诗意的名字。我来酒泉，完全是被这个诗意的名字所勾魂。我是不喜欢喝酒的人，但来到酒泉，不喝酒怕是说不过去的。在朋友的善意相劝下，那个晚上我喝得烂醉如泥。我的潜意识里，总是觉得不喝醉就对不起酒泉这个名字。

那个晚上月光明亮，在我的醉眼里，天上的月亮仿佛太阳，散发出灼热的光芒。

"葡萄美酒夜光杯，欲饮琵琶马上催。"王翰的《凉州词》写的虽是武威，但却让我常常想起酒泉。听说那种能盛装葡萄美酒的夜光杯是酒泉的特产，它们采于寒冷的祁连山上，被工匠们一刀一凿雕刻成精美的工艺品。很久以来，我一直梦想有一天能站在酒泉的风沙里，举起一只夜光杯，喝一口产自这里的葡萄酒，体验一下古代边塞将士的慷慨情怀。

从张掖到酒泉，绿色越来越少，戈壁荒漠开始变得无边无际起来，地面看起来像是干涸的河底，裸露着坚硬的沙砾，只有远处祁连山上的白雪让我看到水的印迹。

高山丘陵，大漠戈壁，绿洲草原，构成了酒泉地区独特的自然景观。大自然的神工鬼斧，塑造了酒泉的山川奇观。南部的祁连山，层峦叠嶂，绵亘千里，横空出世，高耸天际；北部的马鬃山，岩石嶙峋，戈壁广布；中部走廊平原的每一片绿洲都是一个花果乡，每一片田野都是一个米粮仓。如碧毯般美丽的草原上，马群和羊群像朵朵白云飘荡，辽阔的草原面积居甘肃省之冠。

酒泉是一片亘古旷远而又蕴含丰富的圣土。与河西走廊里的其他城市相比,酒泉是一个很富饶的城市,这得益于中华人民共和国成立后在这里建设的大型钢铁基地,而另一个让酒泉人感到骄傲的是建在这里的卫星发射基地。酒泉是和卫星联系在一起的名字,我第一次听到它,并没有想到酒,也没有想到汉武帝。

酒泉城外不远的沙漠中,挺立着一个雄壮的关隘,这就是号称天下雄关的嘉峪关。经过它身旁时,太阳已经西垂,暮色中的嘉峪关在茫茫沙海中看起来那么渺小,这是明朝时期才修起来的边防建筑。和恢宏的大汉帝国相比,它不只是时间上的差距,更是气势上的差别,它只能把自己的疆土定格在这里,而大汉帝国的胸怀显然更为宽广。这片沙漠只是开疆拓土的一个驿站,他的目光在看着那更加遥远的大漠深处,他的军队已在朔风黄沙之中向遥远的玉门关外挺进了。

站在沙漠中,想起了王维的《陇西行》:

> 十里一走马,五里一扬鞭。
> 都护军书至,匈奴围酒泉。
> 关山正飞雪,烽火断无烟。

两千多年前,骠骑将军霍去病大败匈奴,于是有了汉武御酒,酒泉因此而得名,从此翻开了中国历史上精彩的一页:平定河西,边陲安宁,开通丝绸之路,遂有汉唐盛世。横扫欧亚的汉武神威,襟怀欧亚的中华气度,丝绸之路因此而成为人类史上举世无双的文明之路。化干戈为玉帛的社会理想,形成了人类历史上前所未有的繁荣局面。空前的经济贸易、广泛的文化交流、强大的政治体制、长期稳定的国家统一,揭开了世界历史上影响深远的一幕,这就是汉武帝在酒泉设郡的历史意义。

张骞凿空,苏武牧羊,班超从戎,玄奘取经,草圣张芝,文成公主,从霍去病到左宗棠,从马可·波罗到李希霍芬……在历史的星空上,酒泉谱写了壮丽的史诗,留下了不朽的英名。

汉武帝是一个伟大的皇帝,酒泉是一个神圣的地方。汉武帝以一坛酒奖励霍去病,壮士在沙场上怎能不奋不顾身?

酒泉仍在,大漠仍在,其清水尚流,也是一奇。有石栏相护,天下人绕而观之,敬意在目。太阳斜照,景明气高。左公柳散立各处,树身需四臂合抱。有一门额颂酒，颇有意思，其曰：饮之令人寿。当然，这种酒不能造假。

酒泉市并不大，下了汽车站，再转乘公交车直达西汉胜迹。

大门前的石路上镶嵌着西汉时期的逸事，大体是西汉纪元时期的往事，读过历史的人差不多都懂。正前方是一座石鼎，鼎上刻了几句诗："天若不爱酒，酒星不在天。地若不爱酒，地应无酒泉。"这是李白《月下独酌》里的句子。酒星即酒旗星，为主管酒宴之星。大诗人或许是喝着陈年的花雕，一身粗布麻衣，不修边幅来到这里，仰望蓝天，在这绿树掩映、泉水叮咚声中随意吟唱几句，竟然将这酒泉说得与天上星星相媲美了。

在介绍酒泉的资料上看到了孔融的《与曹操论酒禁书》："天垂酒星之耀，地列酒泉之郡。"诗人从天地尚且爱酒，人爱酒并无过错得出结论：唯有爱酒，才无愧于天地！古人认为酒之清者为圣人，浊者为贤人。酒将贤圣合二为一，其好处自然难以言喻。"三杯通大道，一斗合自然"便是酒的好处。不过，诗人还告诉你：你得到了酒中的乐趣，可不要四处张扬，因为并不是每个人醉后都那样清醒。

往前行去，跨过几道后人安的门槛，眼前豁然开朗。近处是一个小广场，广场正中一座凉亭，却不是供人休憩的地方。凉亭正中是一座石碑，碑上刻着些楷体字。细细读了一番，大致意思是说酒泉的由来。话说酒泉原本不叫酒泉，而是金泉，是因有人在此饮水得到金块而得名。

广场的四周都是红漆回廊，回廊并不很长，上面刻画了古代的历史图，不知历史的倒可以品鉴一番，大体都是那个年代的奇闻逸事。再往前下了石阶，便看到了久负盛名的酒泉了。这确实只是一眼泉，只是两千多年了依旧在往外冒水，让我觉得有点不可思议。虽是疑虑，但依然装傻不知，掬一捧水喝下，水的滋味甘甜，宛若酒。我知道，这是心理作用。时光虽已远去，但酒泉却永垂史册。

抬起头，映入眼帘的是一排雕像。正中那或许是霍去病的马车，将军站在战车上睥睨天下，身旁的每一个士兵、马奴的神情都惟妙惟肖。

泉声呢喃忆汉武，将军何处驻英魂？

来到了酒泉城东的西汉胜迹，沿途处处沙枣坠枝，金果飘香。

一进大门，便看到一座汉代门楼，透出些秦砖的味道，脚踏在写满酒泉历史的汉简地砖上，心中想起了汉武大帝和骠骑将军霍去病。在湖边的巨型石雕之中，骠骑将军志得意满地举起酒樽，随军将士畅快淋漓的豪情跃然于湖光之中。

穿过湖中之桥，迎面是诗仙李白右手执樽、左手握卷的醉酒雕像。看着李白那飘然的长须,目光与目光对接后,我感受到的是他歌月徘徊,舞影零乱的那份天真、坦然、无敌。抬眼看的时候,沙枣树上挂满了红艳的沙枣,在秋意渐浓的湖边,让人感受到秋果飘香的金秋十月美不胜收,这种美是一种回味的美,也是一种自得其乐的美。

望着静静的湖面,泛黄的芦苇飘曳,轻风柔柔,垂柳拂动着枝条在湖中画出一个又一个圈,渐渐地散开,融入了微风之中。

时间渐渐凝固了,只有那粗壮的胡杨、柳树见证了些许历史。那凸起的树仿佛在告诉我,这便是左宗棠当年隐居的东山白水洞。一天晚饭后,几个朋友去看他,他大腹便便地躺在靠椅上,摇着蒲扇问乡邻:"你们看,今日的左三爹爹与昔日的左三爹爹有什么不同?"其中一个人说:"就是一点不同,先前的肚子没有现在这样大。"左宗棠很得意,用蒲扇拍了拍大肚子问:"你们可知道这里面装的是什么?"乡邻们用鸡、鸭、鱼等饱食的话来答复,左宗棠却哈哈大笑起来,说:"这里面装的是绝大经纶。"是啊,有了操守便有了气节,有了气节便成就了事业。这些凸出的树根装着历史的经纶,见证着风云的变迁。只是那墙头瓦垄上,一些叫不来名的草在恣意地生长。

拂去八百年的岁月沧桑,目睹西汉胜迹的历史片段,汉武帝、霍去病、左宗棠留下的是睹景思物,更是对一种操守的膜拜。

站在这布满历史碎片的湖边,秋日的艳阳依然,伴随着秋风送来的阵阵果实之香,使得它的每块石、每片瓦、每株草,都让我感受到它生命勃发的微颤与文化人格的温煦。不远处便是沙漠,阳光抚摸得它呈现出一片金色。它的身下注定潜藏着无数已经远去的秘密:人和事,风影和月光,驼铃和马蹄声声……

大漠上的沙子是游动的,这就让酒泉具备了动态的美。大漠上的风也是游动的,这就让酒泉具备了晃动着历史的回声。在风的作用下,我的灵魂深处涌动着一种奇特的语汇系统,禅一般与曾经光耀着酒泉大地的历史默然对话。这不仅是与历史文化进行一次灵魂巡游的对话,也是对西汉胜迹虔诚的朝拜与凭吊。

还是喝酒吧。在酒泉喝酒,那是一种洗涤灵魂的禅意。

在酒泉,我不过是一个匆匆的、缥缈的过客。它的沙漠下掩盖着多少辉煌,我真的知之甚少。

河西走廊遐想

　　我伸出刚强的臂膀,拥抱星光,拥抱朝阳,拥抱祁连山。酒泉香,敦煌美,金张掖,银武威,雄壮嘉峪关。宝石镶嵌的丝绸路上,静卧着一个个灿烂的梦乡。

　　哦,我就是神奇的河西走廊,张开金色的翅膀,飞越苍茫,飞越荒凉。驼铃声脆,青牧草旺,黑戈壁白雪峰绵绵古城墙。明珠铺成的丝绸路上,谱写着一首奋进的乐章……

　　这是一首诗还是一首歌词,我记不清了,总之是它让我对河西走廊产生了无限的幻想。

　　在兰州以西,过黄河,越乌鞘,是通往新疆的要道。东起乌鞘岭,西至古玉门关,南北介于南山(祁连山和阿尔金山)和北山(马鬃山、合黎山和龙首山)间,长约九百公里,宽数公里至近百公里,为西北—东南走向的狭长平地,形如走廊,称甘肃走廊。因位于黄河以西,又称河西走廊。

　　汽车穿过漫长的乌鞘岭的隧道,便是河西走廊了。其川平且宽,并悠闲地向南北两边的山丘延伸。牛也成群,羊也成群,以羊为多,在半坡觅食,俨然一派草原风光。想象乌孙人、月氏人、粟特人、匈奴人、羌人、汉人曾经于斯相争相和,开丝绸之路,不禁觉得人类生存之惨烈。悄然而问:当年骑马或骑骆驼在此往返的人及其子孙现在何处做梦呢?

河西走廊，一种属于东方情愫的莫名呼唤，一种属于东方情愫的古诗词的莫名牵引。

战争的狼烟与和平的驼队，苦难的历程与热诚的求索，都在这里频繁地发生和发展。遥遥数千年，构筑出中华民族一条西行的辉煌通道。从此，多少男儿的豪情，多少男儿的热血，多少男儿的希望，都与这空旷的土地联系在一起。

自然，这空旷里也奔过张骞凄惶的羸马，也碾过林则徐悲愤的囚车；自然，这空旷里还回荡过班超投笔从戎的誓言，还踯躅过玄奘西行取经的身影……还有那绵延不绝的东来西往的商旅驼队，将一条两千多里的戈壁长廊，踏出了一首首慷慨悲壮的阳关曲。

这一个个被史笔庄重地记载或因为平凡而被忽略不计的众多人物，却都在命运的驱使下，以不同的心情、不同的姿态、不同的方式，走过长长的河西走廊。

对于河西走廊，我心中一直怀有很深的情结。从地理位置来看，它只是甘肃西部沿祁连山脉蜿蜒通往新疆的一条狭长的地域，在干旱贫瘠的西部，它以纵横的水系、富饶的物产和江南水乡一样的绿洲而独秀一方。作为古丝绸之路的咽喉要道，它看惯了古往今来的商旅走卒、世事更迭，成熟得像一位饱经沧桑的历史老人。但真正让我不能忘怀的，是它那曾经拥有的金戈铁马的辉煌岁月，它就像一只高高举起的铁臂，宣告了一个民族的兴盛和强悍。两千多年前，由汉武帝主导的那场帝国雄起的恢宏史诗，正是在这块土地上奏响了最强的音符。对中华民族而言，这里是一块值得永远朝拜的神圣土地。

汉朝以来，河西走廊的经济因为商业的发达而十分繁荣。从武威、永昌、山丹、张掖、酒泉等各个古城的城市建设看，城墙宏伟，城门威严，除占地和规制小于皇城外，其余一色明代长安城楼的建筑规模和风格。城内的街道两旁全是木板拆卸门面的店铺，早上把一排的木板拆下来，临街的全是货架和商品，晚上把木板装上去，商铺就关门了。这种明清的建筑风格和商铺形式一直保存到20世纪60年代，晚的残存到70年代中期。之后，历史上繁华的古城最后在"不仅善于破坏一个旧世界，也善于建设一个新世界"的雄心壮志中消失了。从此，悠远的历史不见了，后人的后人再也不知道古城的模样了，商业的繁荣也成了研究的假设和考古的证实。

身居兰州，我最多的时候是守在黄河边，思索着兰州的地理文脉。在秋光里，黄河水湍急而深沉地流着，没有轰然的巨响，没有拍岸的涛声，含蓄丰满地从金城流过。黄河特有的"黄"的盛名似乎与这里不大相干。绿的河上，横卧一座铁桥，是清宣统年间花费了六十万两银子建成的。抚栏踏去，是一种浮动的感觉。铁桥的颜色有点灰蓝,造型粗朴拙倔,让人生出思古之幽情。

兰州古称金城,是通往河西走廊、青海、新疆的交通要道。以黄河横贯,顿生壮势。此为丝绸之路的重镇,当年商贾使者经过此地奔走西域或来往于长安。唐诗人王玄曾三赴印度,所走路线为长安、兰州、西宁、拉萨、尼泊尔、印度。王玄的印度之行强化了唐廷与印度及其诸国的联系,传播了道教理论,中国文化得以辐射。以后,海上丝绸之路渐兴,金城遂衰。

站在初冬的兰州街头,看那车流如梭、人潮涌动、百业兴旺的盛景,脑海中突然想起了丝绸之路这个美丽动人的词汇,仿佛看到了昔日古道驼铃、商队逶迤、飞骑星流、使节往返的一幕幕繁忙之景。临洮作为这条远古文明大道上的重镇,就让我备感自豪和激动了。初冬的阳光不失温暖的光芒,照耀着临洮,那些历史的气息正穿越千年的时空,弥漫在我的身旁。

黄河边有一尊雕塑,叫黄河母亲,有一种母性之爱的感染力。在晋陕峡谷的蒲津渡,有唐代铁牛守护着千年的祈求,作为崇拜的神物震慑河妖。而在上游的金城,却是母亲黄河的祝福。慈祥、美丽、温和的母亲,在抚摸着她的儿女,在新生命中眺望着充满自信的未来。

黄河分兰州为二,奔腾向东。驻足观察,川流也不过是一片泥汤而已。岸狭水急,遂如牛马追逐。当年走丝绸之路的商贾使者,或选兰州而往,渡之多用皮筏,不知道有多少人葬身于斯。

甘肃是甘州(今张掖)和肃州(今酒泉)的合称,是古道上的两个意象。兰州是清代才逐渐崛起的峰峦。黄河这条巨龙从千山万壑间狂奔而来,到了兰州忽然按住潮头,放下狂念,在五泉山与白塔山之间汇成一股汪洋,然后迂回曲折再向东去。

有时也细细观察街头或是在黄河边行走的兰州人。兰州人就在这里生活着。山高水深,大雾常常暗压于冬日之街头,风吹不走,光驱不散。兰州人从容地行走,悠闲地呼吸,仿佛在韬光养晦,期待有朝一日一飞冲天。他们的表情仿佛李白来自西域,神秘莫测。

打开甘肃的地图,很难说清它像什么。意念中,仿佛是一条古丝绸之路从东向西狂舞而去,盘旋于中国西北角的潜龙,只是龙首深藏于陕西,龙尾摆向更为苍茫的西域。古道漫漫,沙海泱泱,这条曾经带领古中国翱翔于东方世界的巨龙如今低吟长叹。唐诗里的边塞、胡天、美酒、夜光杯以及羌笛、胡笳,都似乎在宋朝之后暗淡、喑哑了。一场风沙将莫高窟轻轻掩埋。

出兰州,过黄河,经停武胜驿站休息后,翻越乌鞘岭,到达青藏高原地貌的牧场天祝。向西行,进入古浪峡。走出峡口,天高地阔,一望无垠,便是河西走廊。走廊南边,祁连山蜿蜒起伏,插入西边走不到终点的天际;北边,长城老态龙钟,伸向西边没有尽头的空空荡荡的时空隧道。一道天然屏障,一道人筑的防线,并行向西,中间包裹着一条车马大道,这就是著名的丝绸之路。

兰州、武威、永昌、山丹、张掖、临泽、高台、酒泉、嘉峪关、玉门关、安西、敦煌、阳关、楼兰、鄯善、哈密、吐鲁番、乌鲁木齐……这一串串地名,是贩运丝绸的外国人必须落脚的唯一通道。后过中亚西亚、中东、土耳其,进入欧洲各国的那条特定路线就是丝绸之路。

出兰州而西,过甘肃红城子、永登、天祝,奔赴武威。公路两边黄土竞耸,高高低低,遂为山丘。少雨多旱,土便干燥,草难生长,有的断崖突出,成为一个切面,土是熟透了。然而人是伟大的,他们刨土为坪,种草种树,架铁管为渠,攀坡跨岗以送水。

过甘肃安远,沿途川平,有白杨树的地方一定是村子。这一带凉且寒,小麦正在收割,一些摞在田里,一些还在待熟。菜以白菜和萝卜为主,偶见菠菜。油菜一小片一小片的,还都开着伤感的黄花。瓦屋宁静,不见男女。其川两岸,山连着山,阳光白云蓝天之下,真是无穷无尽地多。山上咸秃,远望连一根草木也没有,一时觉得人固然是伟大的,不过其力量毕竟也有限,甚至在宇宙自然之中颇为渺小。中国人需要重温老子的教诲,懂得敬畏。

河西走廊在祁连山与黑山之间突然变狭,只有二十里,明政府遂于此建长城,筑嘉峪关。傍晚到这里,塞上夕晖,万里秋光。嘉峪关雄踞于丝绸之路,点缀着盛世汉唐。

擦玉门市边而过。这一带开阔平坦,已经化为绿洲。白杨树与柳树横成行,纵成列,郁郁成堆为林。田野里有菜,有玉米,有收割过的摞在一起的麦秸。灿然而金碧辉煌的是向日葵,也许要做油料用吧!城远远地在树背后,望而不见,遂留下了悬念。河西走廊的这一段,似乎最显百年以来中国人改造自然之功。

发轫武威,直向张掖。河西走廊时而开阔,时而逼仄。祁连山在南,马鬃山、合黎山和龙首山在北。山皆不高,然而东西绵延千里。草原败落,偶有牛羊。忽见一个牧羊老人面向公路,孑然而坐,衣黑脸黑,显出万古的沉默。

从嘉峪关乘风西行,逾黑山湖,到赤金一带,戈壁起伏,公路也似破山而前。一旦流水,白杨便绿,有人居焉。虽为河西走廊,地貌各异,风光也在微调,然而普天之下,布满了阳光。汽车匀速而驰,诱人昏然。

圆月一下把戈壁滩照得透亮，四周无遮无拦，没有一丝浮云，也没有一棵杂树，有的只是空旷。

我看见了河西走廊的月亮，这西北戈壁滩的月亮。

没有一声寒暄，也用不着预告，一轮圆润而又皎洁的月亮，就这样贴着车窗朝你粲然一笑，而后缓缓地升上中天。全车的人都又惊又喜，不约而同地发出一声赞叹。车停了，大家纷纷跳下来，站在戈壁滩粗粝的石块上，遥望月亮冉冉上升。

这一切都来得那么突然，似乎落日刚才还在遥远的祁连山巅，接着便是一阵短暂的黑暗。戈壁之夜并非徐徐降临，而是猛然之间，当一小片残阳被飞快地拽下，天地万物便深深地坠落于黑暗之中。车灯打开，孤独而微弱的光柱不断被夜色大口吞噬。然而就在此刻，月亮不失时机地升起。

我从没见过这样圆、这样大、这样柔洁，又与人这样贴近的月亮。它仿佛近在咫尺，那份难以描摹的丰盈和难以形容的优雅简直就是美丽的极致。大家都动情地抬头注视着，连司机在内，一时都忘了自己的行旅。

这空旷连接着时间和空间，从昨天到今天，几千年的故事，便是被这一片柔月朗照，在浩瀚的史册里发出亮丽的光彩。一场又一场惨烈的战争，一个又一个鲜活的人物，一页又一页生动的历史，就在这月光下的空旷里轰轰烈烈地演出。

在这空旷里，曾驰过霍去病的铁骑，将士的盔甲和手中的兵器在月光下翻动着银色的波涛。那场与匈奴间的战事，使得这位年轻将军名垂千古。就在这戈壁滩的美丽月夜，他将汉武帝御赐的美酒倾于泉中与三军将士共饮，从而写尽了一个大将的豪情与风流。酒泉也因此得名。当霍去病高高擎起酒杯，那杯中一半是清泉，一半便是皎洁的月光。

在这空旷里，曾走过左宗棠西征的大军。月光洒在连亘百里的营帐上，洒在路边湖湘子弟新栽的杨柳枝上，也洒在这位六十四岁的爱国老将不平静的心田里。在清廷海防和塞防之争中，他坚持收复新疆，捍卫祖国统一，最终获得胜利。如今，他要将朝廷的大政方针付诸军事行动。千里河西走廊，正是这首战争之歌的长长的前奏曲。行军的间隙，左宗棠于月光之下梳理一番纷繁的头绪。多少军情，多少家书，便是蘸着帐前的月光写就。

在这空旷里，还曾经走过红军西路军伤痕累累的队伍。雪山、草地乃至四川军阀的猛烈炮火，都未能挡住这支队伍的犀利锋芒，然而，一道河西走廊却导演了一出悲剧。红四方面军的战旗，在惨白的月光下被子弹撕成了碎片。也许正是这毁灭前的一轮又圆又大的月亮,长留于幸存者的脑海中,使他们久久地凝思着这页沉重得难以翻开的历史。

这便是河西走廊,在这漫长的驼路上,绝非只有空旷。

这便是河西走廊,在这片荒芜的戈壁滩上,绝非只有寂寞。

于是我才明白,为什么这样皎洁的月亮偏偏垂青这块荒凉之地,即使是南方的湿润、富庶和繁华,也无法使它动心。

此刻,月亮充满柔情地注视着这又干又冷的戈壁滩,用她光洁的玉臂抚摸着荒芜,抚摸着粗粝,抚摸着苍凉,也抚摸着我们这群不期而遇的旅人的心情。

于是我继续西行。

古代河西走廊的繁荣完全得益于丝绸之路的开通。中国货币和外国货币共同作用于丝绸的贸易,贸易又拉动了餐饮业、旅店业、服务业,进而拉动农业、畜牧业、手工业等各行各业,使河西走廊日趋发达。古代的张掖类似现代的深圳,是开放的前沿,也是经济最活跃的地区。敦煌壁画上的繁荣景象也是河西走廊的真实写照。哪里的商业发达,哪里的经济就发达。丝绸之路是当时中国商业最发达的地区,也是经济最活跃的地区。河西走廊的落后是明清以后的事。由于航海业的发展,造船技术得到改进,海运能力提高,运输比陆地上的骆驼更为方便,所以陆运转向海运,丝绸之路就萧条了,河西走廊也就萧条了。

丝绸之路穿越了一条地理概念上的走廊,向西蜿蜒,抵达那神秘的西域。

大美敦煌

一

敦煌神奇,神秘,醉人。

悄悄地,我来到这丝绸古道,犹如一叶绿色的轻舟,在一望无际的大漠中轻漾。敦煌,是丝路上永不坠落的璀璨明星,所有属于丝路的经典镜头仿佛都聚焦于此。

戈壁大漠,斜阳残照,驼铃叮当。西域天竺浪漫色彩的敦煌飞天彩绘,还有晨钟暮鼓的梵音。

我把头伸出雕漆窗口,想细细看个究竟,是不是我走错了地方。这就是我日想夜盼的敦煌吗?它正在用它独有的画片、丝绸、歌乐和商号,注释着自己历史的盛大与辉煌。

揣着一颗无比敬仰的心,我在敦煌的大地上行走,模仿古西域人的音容笑貌,喝他们飘香的葡萄美酒,学他们典雅的走路姿势……

这是一个梦的片段:天色将明,一些人跋涉过一片沙漠,攀登上一座沙山,而我怎么也上不去。我退下来回头一看,那原是一幅画,一幅幅价值连城的敦煌壁画,斑驳残旧——在甘肃的莫高窟,在历史文明苍老的记忆深处。

敦煌始终是旅人牵系的名字。

"敦者,大也;煌者,盛也。"敦煌,意为盛大而辉煌。初见敦煌,我根本没有体味到这句关于敦煌其名的经典注解,那种盛大辉煌的磅礴气势。

有一首赞美敦煌的诗，读来荡气回肠。那诗句是这样的：

> 飞天，我愿守候你一生绵绵的丝绸路上，有个地方叫敦煌。这个
> 美丽的名字，有无数神奇的故事。长袖飘飘舞动满天云霞，玉指纤纤
> 洒落满地芳华。带着千年企盼不倦地飞翔，为美丽和善良镶上了金
> 边。悠悠的丝绸路上，有颗明珠叫敦煌。这个动听的名字，有无数哀
> 婉的传奇。裙衫翩翩播种大漠春光，明眸闪烁吹响世纪绝唱。怀着千
> 年祈祷不停地飞翔，给梦想和祝愿插上了翅膀。啊！敦煌，我迷恋的
> 故乡！飞天，我永远的爱神！为了梦想，我愿守候你一生。

坐在飞机上俯视，敦煌的四周都是莽莽苍苍的沙漠、戈壁、盐碱地，只有中间这一小团，因为有水，才有了生命的迹象。它东面的三危山恰当地诠释了它的处境，三面岌岌可危，只能从沙堆中冲出一条退路。城市是人类在沙海荒漠中筑出的累卵，稍不小心，便会被漫漫的黄沙砾石吞噬和颠覆。

敦煌给我的是一种巍峨和沉重，我真担心一阵飞沙走石会将敦煌湮没。

特意起早看敦煌的日出，当阳光一点点地驱散黎明前的黑暗，我看到了沙丘上最美的骆驼剪影。清晨的敦煌很是安静，我仰望着莫高窟，大大小小的洞窟，稀稀疏疏的绿树是它绝妙的背景。历史是凝重的，时光是辉煌的。在敦煌，历史和时光一起留存，使我向往和感悟。

敦煌不过是一座人沙大战的前沿阵地。人类被风沙逼得退守到这里，英勇抵御着大自然的肆虐。人类在遭到大自然的报复之后，真正唤醒环保意识，依靠唯一有效的武器——绿化，才能够抵挡住沙漠。

也就是在那时，我才知道什么叫作绿洲，为什么绿洲会是西北人眼中的天堂。在大西北，绿是一种生机、一种希望。茫茫无际的沙海中，有片绿洲存活，才不至于渺茫；富腴，才有了企盼。

初识敦煌，我倒觉得，它的另一个名号沙洲才真正恰如其分。敦煌不过就是沙漠中的一片绿洲。沙洲中有绿，便有了一切生机与希望，包括瓜果飘香。

敦煌这个名字，看上去就那么华丽尊贵，让人惊叹。

二

探访丝绸之路，一定要目睹莫高窟。它始建于前秦 366 年间。最初云游至

此的乐僔和尚,在夕照下见到附近三危山出现了金光灿烂的万佛飘浮景象,似在打坐诵经,恍然醒悟这里是佛教圣地,便在这里凿建了第一个修行的石窟。塑佛于其中,绘画于壁上。此后,历经此地的商贾旅人为祈愿顺达,纷纷在此开凿洞窟,并请民间艺人塑像彩绘,一直延续到元朝,历经近千年,兴建方止。历经了数代跟进后续的修建工程,现存几百个类型不一的洞窟。

据说,若将所有洞窟内的壁画串联起来,长达四万五千平方米。洞窟里尚存千计彩塑佛像以及经书文物,是解读中国建筑美学、艺术、历史、经济、文化和宗教等领域精华缩影的艺术宝库。

莫高窟已在我的视线之内。

莫高窟名字的由来,传说是一个叫法良的禅师在此修凿时,称之为漠高窟,即沙漠高处的洞窟,后人因音同,改漠为莫。我则更相信另一种说法:佛家有言,功德无量者,莫过于修窟敬佛,没有比此更高的修行了,遂名莫高窟。

这是一个佛的世界,神的净土。

莫高窟又名千佛洞,洞洞有佛,栩栩如生。莫高三绝:洞窟、壁画、彩塑。莫高一魂,飞天传神。

断崖峭壁上,顺依山势,开山凿石,建成大大小小、疏密适中的长长一排洞窟,形如蜂房鸽舍,层次井然鲜明,高低错落有致,鳞次栉比。崖壁正中,一座倚山而建的檐角飞翘七层阁楼,成为最为显眼的标志性建筑,将崖壁一分为二,远远看去,气度非凡,蔚为壮观。

远眺莫高窟,崖壁顶覆盖着一望无际的沙丘,莫高窟有种大厦将倾的摇摇欲坠感,就算不至于倒塌,黄沙漫卷开来,也会在顷刻之间将它深埋。

可它能如此屹立了千年,本身就是一个奇迹。

莫高窟以壁画和塑像闻名于世。大约从4世纪到14世纪,佛教徒在此凿洞弘法,历千年之余,多是民间自为,然而隋唐二代奉佛,遂具国家行为。隋供佛七十窟,唐供佛一千余窟。

敦煌石窟艺术中数量最大,内容最丰富的部分是壁画,最广泛的题材是尊像画,即人们供奉的各种佛、菩萨、天王及其说法相等;佛经故事画,是以佛经中各种故事完成的连环画;经变画,是隋唐时期兴起的大型经变,综合表现一部经的整体内容,宣扬想象中的极乐世界;佛教史迹画,表现佛教在印度、中亚、中国的传说故事和历史人物相结合的题材;供养人画像,即开窟造像功德主的肖像,这是一部肖像史。另外还有民族传统神话题材及各种各样的装饰图案。从壁画中可以看到各民族各阶层的各种社会活动,如帝王出行、农耕渔猎、冶铁酿酒、婚丧嫁娶、商旅往来、使者交会、弹琴奏乐、歌舞百戏……世间万象,林林总总。

仅仅选了八个佛窟而瞻,是少了一点,不过这也够我消化了。塑像多为释迦牟尼、菩萨、弟子、天王、金刚、力士,现存两千四百一十五尊。壁画绘佛,绘飞天,绘伎乐,绘仙女,绘花卉,绘故事,绘史迹,绘神怪,并有精致华丽的装饰,确实是包罗万象了。资料显示,壁画多为中国艺术元素,不过也注入了印度、波斯和希腊艺术之元素。联合国教科文组织认为莫高窟是世界文化遗产,这显然是当之无愧的。

难以想象的是,一片大漠中的丝绸古道上,一千多年前,历经十个朝代的风雨岁月,一群古老的艺术家们以生命为代价,在甘肃敦煌这片由砾岩组成的约两千米高的峭壁上,开凿出五百多个洞窟,雕塑出两千多尊彩像,绘制出四万五千多平方米的壁画。被誉为东方维纳斯的古雕塑神态各异,惟妙惟肖,展示出东方艺术的神奇魅力;《萨埵王子舍身拭虎图》《菩萨说法图》等一幅幅绝世精品完美地体现了古老灿烂的历史传说。将古建筑、雕塑、壁画三者相结合的这座艺术宫殿,创造出了令人惊叹的世界奇迹,其光耀神州的艺术魅力与日月同辉,为世人景仰!

日月经年,苍天不老,莫高窟中那些原本有着无限生命的彩塑和壁画在岁月风雨中摧枯拉朽。在陡峭的崖壁上,茫茫风沙掩埋了大多数洞穴,一些雕塑断肢少腿甚至不翼而飞,流离失所,壁画斑驳陆离,伤痕累累。可以想见,每到夜晚,每一孔洞穴里似乎都曾经飘荡出凄凉哀怨的悲歌。

透过白杨树的间隙,发现夕阳所照的莫高窟错落连绵,如蜂窝鸽巢,占有长达一千六百米的断崖。环境极为艰苦,不过信仰所发的力量显然可以克服万重困难。莫高窟让人望而生畏,甚至难以想象。

兴于外而传于内的敦煌学,莫高窟是其根源。一旦立足此地,便见万人倾身于斯,熙熙攘攘,喧哗如市,其热闹之状如西安秦始皇陵兵马俑、北京故宫、上海南京路……

走出莫高窟,我泪流满面。

三

夜半时分,火车在一个叫柳园的车站停了下来,从地图上我知道这儿向南就是敦煌了。夜色中,我隔着车窗望着南方,在天边星星隐约的地方,有一个沙漠中的圣城，那里有一群反弹琵琶的仙女，能像天使一样飘荡在空中。我努力瞪大两眼，在幽深的夜空中搜寻，看是否有这种被称作飞天的女神在那午夜的星空中飞翔。

飞天是古印度歌神乾闼婆和乐神紧那罗的合体化身，他们本是夫妻，位列天龙八部神。在敦煌莫高窟，飞天的形象随处可见，它表达的是墓室主人希望死后能羽化升天的愿望。莫高窟的飞天几乎洞洞皆有，形态各异，千人千面，显示了中国艺术家天才的创作。

我似乎懂了，莫高窟处处有飞天，无非是想昭明这是一个佛的国度，处处仙乐飘飘。哪来的仙乐，哪来的音乐？彩塑和壁画就是静止和凝固了的音乐，它能把那种和谐之美声、古典之舞姿、清纯之乐曲载入沉重的历史，永远余音缭绕，千年而不朽。

我豁然开朗了。我似乎也读懂了敦煌，它展示给我的是一种沧桑，这是一种黄沙压顶而不屈服的坚韧。在与无情的历史和残酷的自然的多次较量中，难以被湮没和沉沦的璀璨的中华民族文化，尽管危象重重，却依然坚忍不拔。

敦煌有种残缺美，陷在沙漠戈壁之中的历史文化名城，覆压在黄沙堆下的艺术宝库，被沙海重重包围的月牙泉，无不让你惊叹美中不足，忧患意识和历史责任感油然而生。

多少远去的马匹，落在尘封的路途；多少醒着的灵魂，在敦煌的苍穹任由我的想象，在圣地的石窟紧紧攥住飞天的梦想。

翩飞的少女，一个一个地追赶。在云聚波涌的历史深处珍藏了五千年的飞花，五千年的飞花在岁月的尘烟中纷纷扬扬。音乐响起，钟鼓悠扬。古老而文明的石窟站在我的眼前，我看见智慧和篷车相驾驶来，在敦煌，在大梦的未曾失落的号角里，飞天一梦就是千年。

我用一双善感的眼睛，在阴暗的石窟，走近光的欲望的灵光和空中树起的旗帜。我是飞天的仰望者，我在岩层的深处紧跟飞天。我卸下肩上世俗的布袋，在敦煌构筑的石窟体会那些且歌且舞的女子，体会她们楚楚动人的形象，体会一种自由的天性，体会灵魂脱离肉体的飞翔。我在一片升腾的火焰中洗净自己，洗净尘世中一切的存在和虚无。

远处依依传来梵音，在大敦煌的石窟，我伫立在比天空更远的高度，超越浩瀚的星辰，把鼓声敲击的春天掩藏在我的胸膛，让我的向往、我的激情一直沉醉在鸣沙山的崖壁上。

这样的时刻已经到来。我在艺术的大地——大梦的敦煌得到一种永生，我寻找着飞天的少女,我是自身的王者,我是大梦中永恒的太阳,在岁月欢送的梦中构筑起飘扬的长袖,把心灵的天空吹得脆响……

四

敦煌是一种文化,代表着一种千年文明的积淀。就是在这个遥远寂寥的戈壁沙丘环绕之地,汉唐商旅踏着沉重的步履顿作休憩,诞生了无数缥缈而绚丽的梦。武将兵勇带着离家万里的疲惫,望断祁连千年风雪。映在历史帷幕之上的正是他们传奇而又不屈的身影,是他们铸造了敦煌乃至整个河西文明。

敦煌代表着希望,敦煌同时又意味着边远,这个使中原文明与西域风物相交融的地域蕴含了无数令人陶醉而又采掘不尽的瑰宝,给予人们的不仅仅是一种心灵的震撼,更展示了中华文明的源远流长。

作为河西四郡中最西边的城市,敦煌让我感到惊讶。整个河西走廊的历史实际上是一部金戈铁马的拓疆史,西汉大军把匈奴铁骑从武威一直赶到大漠深处,而把西域诸国揽入华夏版图。最前沿的地方也是敦煌,处在这样一个地理位置,敦煌理应血雨腥风,烽烟不绝。但在历史上,这里却没有成为军队杀伐的战场,反而成了一个佛教东传的重要枢纽,成了一个人文荟萃的兴盛之地。

河西走廊的打通,把遥远的西域国家与汉朝连在了一起。敦煌处在丝绸之路的要冲,是当时中西方交通的"咽喉锁钥",各国使臣、将士、商贾、僧侣往来不绝。在后来汉对西域诸国的战争中,敦煌一直承担着大后方的作用,为前线将士转运粮草,提供军队休养生息的处所。也许正是这样相对平静的环境,才有了敦煌在河西四郡中特殊的成就。

敦煌发达的文化培养出来的一大批文人名士,敦煌五龙——索靖、氾衷、张彪、索介、索永,均以文学闻名当时。索靖是历史上著名的书法家,而著名的草圣张旭也出自敦煌。经学大师宋纤、郭瑀、刘昞等,在敦煌讲学授徒上千人,敦煌人阚骃撰写的《十三州志》是我国古代重要的地理著作。天文学家赵匪文及索袭、宋繇、张湛等知名的学者同样也出自敦煌。

和这些名人比起来,更让世人惊叹的当是莫高窟,那一座座金碧辉煌的石窟,那一幅幅色彩斑斓的精美壁画,那些珍藏在石窟中的浩如烟海的文物,无不让我震撼。不知道我们的先人何以在沙漠瀚海之中,选中了这样一个地方来珍藏这些艺术珍品,难道敦煌这个地方真有超乎尘世的灵气和造化吗?

敦煌以西是阳关和玉门关,这是古时出入西域的两条道路,那些使节或商人在敦煌稍做歇息后,就要顶着灼人的太阳向沙漠深处进发了。到了这样的关隘之处,回望中原苍茫一片,眼前的沙漠看上去无边无际,前方征程生死难料,一步之外也许就是天涯永别,此情此景,谁能不扼腕长叹、潸然泪下呢?

两千多年前,中原人沿着咸阳古道西行,看完了陇上的西风夕照、乌鞘岭外,便是已知世界的边缘。再向西去,是光明还是黑暗,是天堂还是地狱,中原的人们无从得知。

列车缓缓前行,我当然没看到梦中的飞天,辉煌的河西走廊在身后越来越远,也许现在我已经跨过了阳关地界,前方是无边无际的戈壁沙漠。河西走廊像一只伸出的手臂,这会儿正在向我告别;像一只母亲的手掌,迎接沙漠深处儿子的回归。

鸣沙山，丝绸之光

中国有三大鸣沙山：甘肃敦煌鸣沙山，内蒙古达拉特奇响沙湾，宁夏中卫沙坡头。对自然界的特异现象，我是非常感兴趣的，一有机会就会亲临其境。

鸣沙山在敦煌城南，东起莫高窟崖顶，西接党河水库，整个山体由细米粒状的黄沙积聚而成。狂风起时，山体会发出巨大的响声，轻风吹拂时，又似管弦丝竹，因而得名。这里的沙子非常细腻，又含有丰富的矿物质，沙丘底下还有暗流。具备了这些条件，人只要从沙丘上往下滑，就会发出轰鸣声。鸣沙山中的月牙泉则更为神奇，茫茫的黄沙中生出一眼月牙状的泉水，虽然在风沙大作的干旱之地，但泉水却从没有干涸，故名神泉。

作为沙漠奇观，鸣沙山最奇特之处大概就在于它与敦煌城毗邻而居，却和睦相处，互不侵扰。敦煌城区与它不过一步之遥，出了城区，进入景点大门，就来到了浩瀚无比的沙漠世界，沙山高耸，沙海汹涌澎湃。据说这片沙漠永远只刮东西方向风，而敦煌在它的北方。所以这风沙从不会侵扰敦煌市。她好像是敦煌的情人，袒露出她温柔的面相。

大自然中有着无数的奇迹，而许多是科学目前无法破解的。

思考着，鸣沙山已在我的脚下了。视野里，山丘的脊梁如一道道近乎完美的线条，勾勒出沙漠棱角分明的轮廓，撑起无与伦比的美丽。这哪是沙漠，分明是风神用斧钺刨削出来的人间胜景。

我的居住地在秦岭脚下，闲暇的日子，我总会攀登它。与秦岭不同的是，鸣沙山的山顶仿佛就在我的头顶，但爬了十余步后，我才发现山顶其实是可望不

51

可即的。我当然是选择直线距离,朝着山顶直线攀爬,但很快就发现山势太陡了,根本无法直线接近它,只有通过斜线、S线接近它。而且很快,我就感觉到身上软绵绵的,有力使不出来。我想努力跨出大步,却发现双脚随着松软的沙流下滑,距离山顶似乎更远了。

踏沙无痕,这也算鸣沙山的一奇了。踏沙对我来说,有种柔柔的美感。

终于爬到了一座沙顶,一抬头,不远处却是更高的沙顶。这就如同我对秦岭的攀登,总是有更高的山峰在不远处。除非我登上秦岭梁,才会拥有一览众山小的感觉。这就宛若人生,一个目标达到了,自以为终于如愿以偿,却发现还有许多目标在等候着你。

鸣沙山,这无尽的沙漠,它就躺在我的身边,素面朝天,四季金黄。千百年来,没有人改变过它单纯高贵的色彩和壮丽的颜容,它以一种恒定的美,向世人展示着一种难以言喻的哲理。

放眼望去,绵绵的沙丘没有光影的衬映,灰蒙蒙一片。山光滑而有韵致,线条流畅,恰似清流婉转,纯净淌泻。阳光渲染着瑰丽,光和色的合奏,金黄闪烁耀眼,似锦缎般展开,覆盖大地。或如长蛇,或如鳞鱼,弯弯相连,勾勾相绕,链链相扣,圈圈相接,锋刃凸现,延至天边。山峰相互独立又紧密联系,高低错落,明暗相间。骆驼重复着千万遍的老路,我感受着新奇和瑰丽;骆驼踏着平稳的步伐前行,我却心潮起伏,澎湃涌动。一种庄严神圣、超凡出尘的感觉,是如浪似涛、激荡拍空的遐思。

来到了鸣沙山,产生了一个错觉:以前看过有关沙漠的美丽图片,仿佛都是在鸣沙山拍摄和绘画的。

没到鸣沙山之前,我有关沙漠的印象与梦都是惨淡、残酷而暴虐的。一眼望不到边的苍茫,看不出生命的迹象,干旱、饥渴,被毒辣的日头烤得发干的肌肤,裂得起皮的唇,被无望和无助折磨得呆滞的目光,迟缓难迈的脚步,被风沙卷起的号叫与哭喊,被沙丘掩埋的亲情与友情……沙漠是生命的禁地,它见证过的死亡,如同沙粒般寻常和难以计数。

鸣沙山的沙漠却给我另一种景致。它给我一种静谧的美感,让我屏气凝神,除了赞赏,唯有瞻仰。

天际尽头,残阳如血,透明的空气将缕缕阳光折射得五彩斑斓,漫天的沙粒在阳光下泛着金光。风和日丽,明媚可人,置身于此,我无法相信那些有关沙漠的传闻都是子虚乌有。没有飞沙走石,没有铺天盖地的席卷与吞没,没有饥渴与干旱,没有生命的挣扎,没有死亡的威胁,只有柔感,只有宁静,只有美丽,只有快乐。

想起了王维的名句：

渭城朝雨浥轻尘，客舍青青柳色新。

劝君更尽一杯酒，西出阳关无故人。

鸣沙山以细小的黄沙存在，拒绝任何形式的招摇，回避了任何形式的装饰，只昭示它生命的本色。黄沙聆听着风儿的诉说，神泉映射着恋人的倩姿。大自然将风、沙、泉、人糅合在甜蜜的相爱之中，浑然一体，美丽和谐。

蓝天、白云、黄沙，对比强烈的颜色，徜徉在光影世界里，交相辉映；夕阳、沙漠、山丘，恰到好处的点缀，静寂在和谐自然中，相映成趣。

鸣沙山，此时的我已只是一颗沙粒，活着的只有眼珠和思想。

下山很轻松。看着脚下的沙子顺着自己的脚步下滑，真有一种行云流水般的舒畅和开朗。在正午阳光的照射下，这些流沙似乎正反射出水的流光，有一刹那，我甚至感觉到我已听到了流水的叮咚声。这才是名副其实的鸣沙山啊！但凝神静听，却并无任何声响。我明白，这只是我的一种幻觉，换句话说，是我心里奏出的一曲乐章。

一种更美的感觉源于鸣沙山下的月牙泉。

下山后，我看见了沙山沙海怀抱中那一汪美丽的湖水——月牙泉。山与水是完美的组合，而沙与水呢？据说，每当风暴袭来，鸣沙山便会遮天蔽日，掀起翻江倒海的滔天巨浪。而在它的脚下，竟然会存在着这么一汪亮晶晶、清幽幽的绿水。这又是一个怎样的奇迹呢！

在四周都是一百多米高的沙山怀抱中，有一泓明镜般娇小柔美的宛如新月的月牙泉。更为神奇的是这原本相克的一沙一水却相辅相成，阴阳和谐。山因水而奇，水因山而秀，几十年来共生互映，真是天造地设，自然天成。

月牙泉被鸣沙山环抱，长约一百五十米，宽约五十米，因水面酷似一弯新月而得名。月牙泉的源头是党河，依靠河水的不断充盈，在四面黄沙的包围中，泉水竟也清澈明丽，且千年不涸。

在这里，我根本不用怀疑，沙是浩大的，水是渺小的，不足四亩的水域，别说是堆在四周浩大的沙山，就是每天东升西落的日头，加上干旱导致几乎无降雨补充，足可以在数日内让它干涸。风其实时时在起，日天天在暴晒，可历经无数的岁月，却无法抹去这一湾微不足道的绿水。

水是智慧的，我一直这样认为。身在水畔，自然会产生联想。我在想着，在丝绸之路的旅途中，鸣沙山自然不甘寂寞，以生命之顽强伸向远方，伸向天之尽头，远送着商旅游人无数脚步的远去……

广袤的大漠中，有这样一潭宛若徐志摩笔下揉碎的虹，一如故事中年轻的姑娘对爱情的执着，一如传说中风吹拂泉不枯的神奇。俯瞰，鸣沙山似一座金字塔，把这片沙漠分成四块，以塔尖为中心，绿洲间接环绕，一边是月牙泉，一边接壤城市。在高空中，可以清晰地看出人们与沙漠、与恶劣的自然做斗争的印记。俯瞰，高空冰凉稀薄的空气与地面炙热滚烫的沙粒形成强烈对比。俯瞰，月牙的水是清透的，映出悠悠白云。

月牙泉最早的记载见于东汉辛氏《三秦记》："河西有沙角山，峰崿危峻，逾于石山，其沙粒粗色黄，有如干糒。又山之阳有一泉，云是沙井，绵历今古，沙不填足。"

这里所记的沙井即今日之月牙泉。自此之后，关于月牙泉的记载便屡见史籍，并与鸣沙山紧密地连在一起。唐《元和郡县志》载："鸣沙山有一泉水，名曰沙井，绵历古今，沙填不满，水极甘美。"

据史书记载，鸣沙山与月牙泉成为沙漠奇观已有两千多年的历史了。千百年来，人们面对这一沙海奇观，始终感到奇怪，作为沙丘的鸣沙山为何千年不变？而在沙海之中的月牙泉又为何"泉映月而无尘""月泉晓澈，亘古沙不填泉，泉不涸竭"？这大自然创造的奇迹，古人百思不得其解，最后只好叹为"山之神异，泉之神秘"。

鼻尖萦绕着骆驼味儿，我看到了月牙泉四周围绕的沙丘，泉边种着杨柳，在微茫的夜色中露出淡淡的轮廓和水光。爬到月牙泉边的沙丘上，要从上面滑下来。沙丘高四五十米，可坡度太陡，所幸斜坡上搭有木梯供游客攀爬，我们才鼓足余勇，气喘吁吁地坐到了沙丘顶端。细沙温乎乎的，四周天色已经黑暗，天边只剩一抹暗红色云霞，掩映出沙丘起伏的剪影。一路行来尽是沙漠戈壁，不免觉得荒凉，然而眼前的一切却是如此壮美潇洒。见峰峦高低起伏，气势磅礴；见沙浪轻波涟漪，潺湲斡旋。在阳光的谱写下，跌宕有致，妙趣横生，成了眼前最美的风景。

当我离开沙山返回后，体力尚未完全恢复时，就会有一阵清风将我创造的所有的功绩轻轻抹去。奇异的风将我身体下滑时带至山底的那部分细沙扶摇直上，还原于山顶。沙山上留不下任何我生命的痕迹，这是月牙泉的功劳。

一座山，一片沙海，一弯月牙泉，宛若丝绸，这是我绝妙的感觉。丝绸之路的灵感难道是从这儿萌生的？

阅读过一篇写冬季的鸣沙山、月牙泉的文章，作者写道："银装素裹，悄无声息，皑皑白雪赋予了西部大漠几多娇媚。看惯了月牙泉的春秋，体验了月牙泉的盛夏，谁知最美的竟是冰清玉洁的寒冬。在冰雪的装扮下，月牙泉美得让人窒息，让人流连。在这银装素裹、冰清玉洁的童话世界里，我体会到了'北国风光，千里冰封，万里雪飘'的那种韵味。"

鸣沙山的冬天应该是洁白的丝绸吧？

鸣沙山、月牙泉，活生生就是一个沙海敦煌的微缩版，那口吐在沙中的唾沫溅出的星子。

在敦煌，熏陶了莫高窟千年文明之后，更让我心动的是一种对沙漠的情结。在这片环绕着戈壁与沙海的苍茫之地，鸣沙山以它特有的神韵折服了无数游人、过客。沙山之下，蜿蜒的沙线伸向天之边际，一线的骆驼与行人踏着前人的脚印向沙山顶峰攀登。沙海无涯，一座连着一座，随着天色渐暗，黄色的沙山静默地在月色苍茫之中，静得让人窒息。

走过了鸣沙山，再来到月牙泉边，洗去征途的劳累以及心灵的疲惫，那该是怎样的惬意呢！

鸣翠湖的境界

喜欢湿地的那种氛围、那种境界,因此,置身于鸣翠湖的时候,我恍若隔世。隔世有种超然于世的味道,让我心灵云雾缭绕,怡然隽永。

宁夏自古以来就是一片充满神秘气息的土地。神秘是一种境界,可以启示人们步入佛道的禅悟境界,以此对万事万物有了超出常人的另类解读,给宇宙万物之谜一种解答。譬如银川,就有湖城之说,七十二湖,水泽天光,湖湖相连,旖旎无限。

一直以为,银川不过是戈壁中的一片绿洲,但身临其境,才知它是被湖水环绕着的大西北仙界。

沙湖的名字是很早就知道的,多少人向我推介过。看过,果然不错。银川的朋友说:"鸣翠湖更好些,保留着原始的风情,有种禅的味道。"在网页上搜索,也看到这样的话:

> 江南有西溪湿地,西北有鸣翠湖湿地。鸣翠湖是黄河古道东移鄂尔多斯台地西缘的历史遗存,是明代长湖的中段腹地,是自然保留下来的一个天然湖泊湿地。这里草树烟绵,鱼鸟翔集,春夏有江南之秀色,秋冬有塞上之雄浑。它集河流、湖泊、沼泽、灌渠等景观于一体,自然生态体系完整,是我国荒漠化湿地中具有独特属性的生态区,是一个融自然、适宜、和谐于一体的鸟类栖息繁衍地和候鸟驿站。

三年前的那个夏天，我又来到宁夏，下榻在银川的一家宾馆。在房间里看见了一篇《鸣翠湖记》，才晓得了过去它叫长湖，南北绵亘十余里。明末清初，长湖淤竭为三，自南至北取名杨家湖、岛嘴湖、清水湖，长湖之名遂失。如此说来，它曾经是一片碎镜，是碎裂在银川平原七十二连湖的一个丢失的镜像。而鸣翠湖的得名，则是近些年的事情。

一大早，清风徐徐，鳞云当空，朋友带我从银川驱车来到鸣翠湖。它的入口并不直接通向湖面，而是曲径游廊引领，当口设置一道绿坡屏障作为入口玄关，没有了一览无余的直白，平添了几分含蓄。曲径通幽，这是儒家哲学的建筑验证，缺乏境界的人很难拥有这样的设计理念。朋友介绍说鸣翠湖景区的设计规划者名叫朱仁民，是一位集佛心慧智的遁世者和翰墨淋漓的艺术家于一体的文化怪杰。未入湖区，我便被一个名字打动了。

开阔的场地中心镶嵌着一个中心下沉式的广场，绿色草地衬托喷泉，让入口动感十足。有点睛之妙的是喷泉后堆放着看似散乱无章的几个大石，依次刻着诗人杜甫《绝句》的前两句："两个黄鹂鸣翠柳，一行白鹭上青天。"这传诵千年、脍炙人口的佳句所代表的意境，恰如其分地提炼出鸣翠湖的主旨。

走进湖区，穿犬牙立树，过拱门，沿碎石小道行至主道，视线刚刚伸展开，就来了感觉。鸣翠湖宛若一个娴静、典雅的少女，通身透出一股超然世外的空灵，向我绽露出清纯的微笑。

两架高耸的水车，数十米就有水珠袭来，雾珠飞溅在阳光下，折射出彩虹，让我产生了如梦似幻的感觉。站在作为昔日农耕文明缩影和历史沧桑见证的水车前，我感叹着设计者的独具匠心。水车展示着黄河文化的古朴雄浑，体现出天人合一的理念。在此，我吟诵着清道光年间诗人叶礼赋的诗：

> 水车旋转自轮回，倒雪翻银九曲隈。
>
> 始信青莲诗句巧，黄河之水天上来。

是的，鸣翠之水是古老黄河的一个缩影。

鸣翠湖的鸟是动态的景，少了它们，一片湖就缺失了灵动的境界。鸣翠湖有近百种鸟类，全部为野生鸟，而且大部分是候鸟，其中包括国家一级保护鸟类大鸨、中华秋沙鸭、白尾海雕、黑鹳，还有国家二级保护鸟类大天鹅、小天鹅、鸳莺、苍鹭等。那些珍贵的鸟,我无法一一见到,也许珍贵的鸟儿是隐藏在湖水或者草丛里的。

可是,我看见一只苍鹭,它在水边的一根树桩处默默独处。让内心平静的方式是孤独。它仿佛铭记着哲人的话,我无法窥测到它的内心世界。是失恋还是迷途抑或是被众鸟抛弃?但它昂着头颅,带着悠闲、洒脱的姿态在和我对视。

在鸣翠湖,我记住了一只苍鹭。它没有叫声,也没有飞翔的雄姿,但是它所呈现出的那种孤独境界,却令我的心灵震撼。

我的意念里,麻雀是生存在人类的屋檐下的,可是想不到在这儿看见了它们的踪影。湖中央的山包,不知从哪里飞出一群麻雀,叽叽喳喳,兴高采烈,奔赴宴会似的。

也看见了失态的动物。转过湖边的一个弯,突然惊动了一只野鸭。它慌不辨向,踏水而逃。和那只苍鹭比起来,它的精神境界显然填满了庸俗。

更多的是叫不出名字的鸟,一声声啁啾,在空中盘绕着,然后俯冲下来,荡入芦苇中。这是它们梦想中的天堂吗?它们用清脆的鸣叫唤醒着湖水,明亮的眼眸浓缩了一个湖的影像。

聆听着鸟叫,忽然就有了感觉。倘若手握一根鱼竿,戴上一顶斗笠,眼睛里到处都是雪,是不是有点洞箫或者陶笛演奏出的《寒江雪》那般的境界?

鸟是鸣翠湖的精灵。它们用飞翔和鸣叫,为一处湖营造着一个巨大而无形的磁场。它们释放着身上的美,流成了一条辽阔、清澈的大河,笼罩了天地,笼罩了我的耳目。

毫无疑问,鸟是鸣翠湖忠诚的守望者,渲染出鸣翠湖大美的境界。

鸣翠湖是一个地地道道的自然迷宫,可是作为一个独具匠心的设计者,为了不至于更大范围地迷失来客,还是煞费苦心地缩小了迷宫范围,制作出富有特色的景观:迷宫寻鹭。

乘坐电瓶船在迷宫中穿行,阅尽鸟飞鱼跃,芦苇丽影。不是探险,却有惊喜。水道总长十余公里,片片芦苇宛如巷堡,变幻莫测。要想穿越迷宫,委实不易。

芦苇迷宫是鸣翠湖最有艺术特色的景观了,它依据道家的八卦艺术设计而成,可谓天人合一。迷宫由芦苇、水道组成,一会儿蜿蜒曲折,一会儿柳暗花明,变幻莫测。穿行在芦苇迷宫,眼前便呈现出百鸟啁啾的景象。我的目光尾随着鸟的影子。"迷宫寻鹭千百度,白沙落雁三五踪。"不知谁的诗句,那样熨帖着我的心灵。

芦苇是我生命的风景。也许源于西方哲人帕斯卡尔的那句话:人,是一棵会思想的苇草。因此,满眼的苇草,在我的眼里摇曳着思想的影子。若是秋天,苍茫一片的芦苇丛里,灰白的芦花四处飘荡,翩然若雪。在黄昏落日余晖的映衬下,纷纷朝着落日的方向追逐着。这虽是我的念想,但芦花追日的景象,在秋天是一定有的。芦花追日为鸣翠湖十景之一,这并非凭空而来。

秋天的鸣翠湖,我是一定要来看的。

向往和芦苇相融的感觉。那些浩瀚的芦苇,藏着多少前世和今世的秘密?下了船,潜入一处僻静的芦苇丛。视野里的芦苇如满头华发的老人,脱去轻飘,归于凝重,静谧中显露出庄严和安详。我想,芦苇如果有眼睛,注定是阳光般的睿智,那是超越了一切悲喜苦痛的旷达。轻轻地,握住一片芦花时,自然,我想到了帕斯卡尔,那么,这片片芦花是从他的白发里飘出的吗?他这样说:"人显然是为了思想而生的。"他是一个哲人,思想中没有规范的体系和严谨的学说,他的《思想录》中的句子散漫、随意,宛若鸣翠湖片片自由、飘逸的芦花。

芦苇的生命是智慧的生命,读懂了芦苇就读懂了一种彻悟灵透的人生。鸣翠湖水边的芦苇一旦成熟,就自然地走向更为旷远的宁静。张扬和安静,是需要用心去选择的。芦苇的境界,人是不容易达到的。

数百亩碧绿翡翠的荷叶荷花勾勒出鸣翠湖的另一种境界。

炎炎夏日,鸣翠湖里的数百亩荷花仿佛约定好了,一起争奇斗艳,绿莹莹的荷叶密集在一块,随风婆娑起舞,影随波荡,花吐莲蓬,荷送清香。远望,一片片荷叶如翻滚绿波,花若红云;近看,叶如绿伞,花朵绽开在绿叶丛中,有的浮于水面,有的凌于碧波之上,相互簇拥。湖上的荷叶荷花倒映在碧水之中,与婆娑的垂柳交相辉映,野鸭、鸟儿、鱼儿悠游花间,构成了一幅幅迷人的赏荷图。年轻时做教师,曾为学生讲过朱自清的《荷塘月色》,但因为没有身临其境的经历,所以总也悟不出先生文章里的比喻,想象不出荷叶怎么会像亭亭的舞女的裙,叶子中间零星点缀着的白花怎么会羞涩地打着朵儿,如一粒粒的明珠,又如碧天里的星星,又如刚出浴的美人。还有微风送来的缕缕清香,怎么会是远处高楼上渺茫的歌声?至于叶子与花的颤动,又怎会像闪电般的感觉?我就遗憾那个时候我没有去过鸣翠湖,否则我会把先生的文字讲述得活灵活现。现在当然是不可能再回到讲台上了,先生描述的那些美妙的感觉,只有诉诸我的文字了。

芦苇万顷迷宫幻,天外来宾百鸟鸣。碧水清幽雪飞舞,孤舟独钓翠湖行。泛舟湖上,徐徐的清风送来缕缕清香,让我神清气爽,心旷神怡,恍若置身于如诗美景之中。"粉光花色叶中开,荷气衣香水上来。"这是唐代诗人陈去疾《采莲曲》的句子,想必是诗人融入荷塘的感觉。真的,我也想幻化为一片荷叶、一朵荷花,成为鸣翠湖的风景。

鸣翠湖荷塘的境界宛若仙境。那个仙人何仙姑,索性就叫她"荷仙姑"吧。我做着如此的设想:何仙姑在荷塘里摇来滚去,脚踩一片荷叶,怀揣一颗晶莹之心,借着风就升上了天。风是绿的,天堂也是绿的,仙姑的心怕也是绿的吧?几度荷花梦,碧青目界逐。万红千粉度,美景待仙姑。不知谁的诗,浓墨重彩着鸣翠湖的仙境。

鸟的叫声为鸣,荷叶的绿为翠。在我看来,鸟与荷叶是鸣翠湖最具特征的景象。由此,鸣翠湖名字的内涵与表象就浓缩在鸟和荷叶的身上。

我是一个注重细节的人。每到一处,总是打开思想的背包,把它们一一收拢。在鸣翠湖,我如获至宝,因为它精致的细节随处可见。

日出时分,鸣翠湖泛着粼粼波光,湖面仿佛镀上了一层金光。呼吸着湿润的空气,闻着草木的清香,凝视太阳的升起。眨眼间,太阳就完整地跃出了地平线,从东边的湖面上蹦蹦跳跳一路走来,为一面湖洒下万丈光芒。

与朋友光着脚在大理石铺成的道路上走着,享受着微微粗糙的大理石面带来的舒适感。伏在道旁的大理石上,俯身看着碧绿的湖水泛起的微微波澜,映出我摇曳的影子。

一片莲叶绿得醉人。我走近它,看见叶子的中心有一滴晶莹的水珠。那阳光下的晶莹啊,宛若仙女的泪珠。我伸出手指,想将那滴水珠沾在指上。忽然一想,水珠在绿叶的背景上,它便有了晶莹,而沾在我的手指上,它什么都不是啊!

阵阵轻风掠过,苇叶轻摇。它是无声的,而我分明清晰地听见了它的声音。正疑惑着自己的感觉,忽然想起大唐相国杜鸿渐与保唐寺住持无住禅师在庭院里闲坐的情景:老鸦在树上呀呀叫着。一会儿,老鸦停止了叫声,伸展翅膀飞走了。杜鸿渐望着渐远的老鸦,问:"您听到鸟飞走了吗?"禅师一笑:"听到了。"

杜鸿渐亮着炯炯的目光："鸦雀无声，您怎么能听到声音呢？"禅师无声地啜饮几口茶，向杜鸿渐发问："相国，您听到我饮茶的声音了吗？"杜鸿渐想了想，不得不承认："虽然您饮茶没有出声，但我仍然从心里感受到了您喝茶时轻柔悠扬的声音。"禅师含笑："很多时候，声音是依靠心灵的知觉得来的。真正用心灵倾听声音的人，就不会活在尘世声音的迷惘里，白白流离了这一生。"

我便悟出了，苇叶轻摇的声音是我用心灵感悟到的。

心灵的倾听，是一种至高的境界。

一尾鱼儿跃出水面，掀起层层涟漪。苇丛旁，一个头戴草笠的垂钓者坐在水边，宁静安详的坐姿，仿佛一首诗的影像。

微风中，几片泛黄的树叶在头顶舞动，心也随之一颤。荷塘的绿色凝视得久了，这黄叶便有了异样的色彩。席地而坐，随风静享安宁。喉咙一热，禁不住长长地喊出一声："鸣翠湖啊——"

我的声音回旋在湖水中，荡起一层涟漪……

一棵孤寂的老柳树站在将要消失的地平线上，这是喧嚣都市所缺少的宁静。十几年前，鸣翠湖景区的设计师朱仁民第一次伫立在这里，当时的鸣翠湖一派自然气象，一马平川，波平如镜，然而朱仁民在惊叹于高原上如碎镜般宁静的碧湖的同时，唯独看中了这棵老柳树。那时也是傍晚，也是如此的情景。老柳树似一位得道的高僧，静静地注视着大千世界以及芸芸众生。"风不动，水不行，阴不显，阳不露"，在朱仁民的眼里，这便是鸣翠湖的气质，是艺术自然主义追求的自然气象。

喜欢老树的沧桑，宛若静世中忠厚的长者。于是，用那棵树做了背景，留下一幅剪影。

鸣翠湖的黄昏另有一番久违了的情怀。黄昏，和朋友坐在湖畔一处茶亭品茶。品茶是一种心境、一份情怀。可惜我和朋友都是凡人，不会品出杜鸿渐与无住禅师那般的境界。夕阳西下，落日熔金，鸣翠湖在斜晖的余晕中显示出了神秘的本相。在夕阳的余晖中，群群鸟儿张扬着翅膀在水面上、草丛上飞翔，而荷叶荷花还有芦苇则收敛了白日的色彩，披上了宁静的面纱……

啊啊，我晕了。"落霞与孤鹜齐飞，秋水共长天一色。"王勃的诗句难道是在鸣翠湖边写出来的吗？招呼我们喝茶的男主人热情地说："你们晚上走不走啊？青纱漏月你还没有看到呢。"

夜色沉溺于水。鸣翠湖用它隽永秀美的暗影阐述着对美的追求、对美的理解。

我知道,鸣翠湖的细节之美太多太多了,可是我不能一一领略,不能化为文字。这是遗憾。然而,遗憾不也是一种美? 留下想象的空间,用心灵去感受未曾亲眼看到的景象,为鸣翠湖留下一种神秘,难道不更好吗? 理性告诉我,单一的感官刺激并不能满足审美的需要。欣赏一个地方的美丽,更多的不是靠眼睛,而是要用心灵去体会,用想象去填充。在心灵的律动中,鸣翠湖何尝不是一首诗、一幅画、一种深邃的境界?

鸣翠湖的美如同小家碧玉,令我怜爱。在鸣翠湖,我心里不由漾开绿的波浪。处处"鸣翠",遍地清香。我会不自觉地进入一种状态,想要融入这碧绿荡漾的水草中,与鸟同飞,与鱼共舞……面对这样的湿地,这样的水,我脑海里那些扇动着翅膀的汉字开始集结出发。

在鸣翠湖,我找到了久违的浪漫感觉。浪漫是生命的一种美好体验。站在湖边赏落日是一种浪漫,观赏绿叶红花是一种浪漫,在芦苇丛中手握一片苇草是一种浪漫,在碎石小道上赤脚漫步是一种浪漫,和朋友坐于湖心品茶是一种浪漫,静听一棵老树的独白、享受一只苍鹭的孤独也是浪漫……当我融身于鸣翠湖的景致之中时,任何一个细节都蕴含着美感,任何一种情趣都可以任想象调度,任何一种浪漫都可以用心去体会。在这个夏日,我远离城市的喧嚣,在鸣翠湖里体验到了诸多浪漫的感觉。

来自国内林学、地学、生态等领域的专家考评后一致认为,鸣翠湖以及被称为银川后花园的阅海湿地,承载了古老的黄灌文化,体现了塞上江南水乡文明的特色。作为干旱地区存在的湿地景观,具有长期稳定的补水来源,收藏着显著的湿地生态特征和生态过程。它独特而丰富的湿地人文旅游资源,奠定了建设湿地公园的基础。

鸣翠湖的美源于它在自然景观中蕴含着的文化色彩。清初,良将赵良栋曾在此留下历史痕迹,奠定了它的文化历史底蕴。它所承载的文化痕迹当然不会仅仅如此,作为它的主人,自然会做进一步的探究。

极目远眺,望不到湖水的尽头,在那水天一色的地方,还会有什么迷人的景致呢? 还会赋予我多少如梦似幻的感觉呢? 我不知道,真的不知道。

鸣翠湖的神秘究竟隐藏在哪儿? 在鸟群扇动的气旋内,在荷叶的那滴水珠上,在芦苇丛清幽的桨声里,在水车古老而蹒跚的步履中……它们仿佛一道道神明的闪电,让我在战栗之后获得灵魂的清凉与干净,在此安顿疲倦的心,濯洗蒙尘的俗身。在自然的气息中,我恢复了明眸和纯真,不由自主地搂起鸣翠湖的细腰……

"名城历史,湿地大观,塞上雄浑,江南俊秀,豁豁然集于苇浪水波间。是为记。"这是《鸣翠湖记》末尾的句子。鸣翠湖是银川的一张名片,一个自然景观中蕴含着文化的绝妙地方。"城市之肺",用它来形容鸣翠湖与银川这座城市的关系,那真的是太贴切了。

去鸣翠湖前,我只想收获湿地的感觉,然而,更多的意外和惊喜却在这儿等待着我。它像一面碎镜,撒落在这塞上江南的盆景之中,细腻与柔美的完美结合,彰显得淋漓尽致。一片芦花的自由散漫、一片荷叶上的水珠、一只苍鹭的孤独、一棵柳树的沧桑、两架水车的轮回,由这些细节构成的鸣翠湖境界,让我拥有了更为丰富、深邃、旷远的内心世界。

西出阳关无故人

　　西出阳关是一种孤独。少年时不懂得孤独,喜欢"劝君更尽一杯酒,西出阳关无故人"这两句诗,那时只知道这是朋友间殷殷的牵挂和眷恋之情。如今读来,却另有一番复杂的滋味。那时很好奇,阳关在西边什么地方呢? 怎么出了阳关就没有朋友了呢? 现在想来,岂止是没有故人,出了阳关,怕是连人也少见了。"渭城朝雨浥轻尘,客舍青青柳色新。"在春天的一个早晨,王维送别他的朋友离开帝都,前往荒远的安西,是谁的孤独蔓延?

　　前些年在女儿的影响下开始听音乐,无意中喜欢上了张楚的那首《西出阳关》,悠远,清澈,悲悯,凄凉,一种渗入灵魂的力量。

　　张楚看上去总是带着一个大孩子的天真和落寞。听这首歌的时候很奇怪,总会想起他那张并不是很帅气的脸,有几分孤寂的凄美。在静谧的环境里聆听,所有的声音都淡去了,音乐很低沉,歌声带着一种冰凉的黯然轻轻袭来。

　　　　我坐在土地上,我看着老树上,树已经老得没有模样 /我走在古道上,古道很凄凉,没有人来 也没有人往 /我不能回头望,城市的灯光,一个人走虽然太慌张……

　　　　我站在戈壁上,戈壁很宽广,现在没有水,有过去的河床 /我爬到边墙上,边墙还很长,有人把画,刻在石头上 /我读不出方向,读不出时光,读不出最后是否一定是死亡 /风吹来,吹落天边昏黄的太阳……

这就是阳关，是我心中感觉到的阳关。老树，古道，戈壁，远古的河床，斑驳的旧墙和墙上不知什么时代留下来的那些读不懂的符号，是这些具体的物象，更是凄凉、空阔、四顾茫然的生命背景，是仓皇孤独的生命本质。风吹、日落、生死存亡是否发生过？

　　对阳关的悬想成为生命里的纠结。

　　站在猎猎的风中，眼前戈壁无边，哪里是阳关呢？是缓缓的山包上那个方形的土垛吗？一种孤独的共鸣瞬间让我亲近了它。

　　昔日的阳关城已荡然无存，仅存这座被称为阳关耳目的汉代烽燧遗址，无言安坐在墩墩山上。它什么也不说，它忘记了吗，曾经繁华热闹的过往？

　　阳关博物馆展示了阳关的辉煌历史。公元前 2 世纪时，西汉王朝为抗击匈奴，经营西域，在河西置武威、张掖、酒泉、敦煌四郡，并设立了阳关和玉门关，从此阳关成为通往西域之南大门、丝绸之路的咽喉，地理位置突显重要。在久远的历史岁月中，阳关都与汉武帝拓疆、张骞出使、霍去病出征、李广利伐宛、玄奘取经等风云人物、历史事件浑然一体，不可分割。自西汉以来，阳关是古代兵家必争的战略要地，许多王朝都把这里作为军事重地把守。在中西方贸易往来上，阳关又是通商口岸，东来西往的商贾、使臣、僧侣和游客都在这里查验身份证，交换牒文，办理出入关手续。在阳关通往西域的这条古道上，曾经商队络绎，驼铃叮当，可以说是当时世界上最繁忙的一条路，被历史学家和文学家称为阳关大道。"你走你的阳关道，我过我的独木桥"之说，大概来源于此吧！

　　可是宋元以后随着丝绸之路的衰落，阳关也因此被逐渐废弃。

　　眼前没有城垛，没有商贾和驼队，也没有繁忙的贸易，听不到驼铃叮当，只有茫茫无际的沙漠和一片废墟，只有成群的游客、喧嚷的拍照留影、汽车的鸣声。我仿佛听到阳关在说："热闹是他们的，我什么也没有。"我懂得他的孤寂，那不是抱怨，是淡然。

　　想当年，年轻的阳关曾经多么威风八面。而那些后来缔造了它的人，也正富于春秋，汉武帝刘彻十九岁，张骞二十七岁，霍去病十七岁。是天意吧，赐予大汉这样的君臣，武帝锐意图强，张骞主动请缨，执节探险，霍去病铁骑怒出，击退匈奴。他们相得相能，彼此信任、支撑，把汉帝国带到了一个开疆拓土威仪天下的强盛时代，并从此奏响了中西方文化交融的伟大乐章，流传千古。

　　风在呼呼掠过，是它带走了昨日的辉煌，吹老了阳关吗？

　　墩墩山上的汉代烽燧为景区制高点，被称为阳关耳目，它是阳关的历史见证。

　　距烽燧遗址不远处的古董滩还残留着历史的痕迹。一位当地的妇女指着烽燧下炫目的平地说,那是古董滩。进了古董滩,空手不回还。这是当地人的说法。古董滩因其地面曾暴露大量汉代文物,如铜箭头、古币、石磨、陶盅等而得名。据说以前经常可以捡到西汉钱币与别的器物。它现在拉着铁丝网,受到了保护,否则"淘宝"之徒会频频光顾。

现在只有一望无际的沙滩,沙丘纵横,一道道沙梁的砾石平地,呈现出似铁锈一般的红褐色。当我垂下头,押长脖颈,并没有看到什么钱币、箭头甚至陶片,只有房屋、渠道等遗址依稀可见。据说古董滩的面积约上万平方米,1972 年酒泉地区文物普查工作队勘察古董滩四十道沙梁后,发现了大片版筑遗址。经挖掘、测量,这里的房屋基础排列清晰整齐,附近有断续宽厚的城堡墙基,还出土了大批遗物。从遗迹及文物分布来看,古代的这里是一个十分繁华的地方。考古学家根据史料考证,认为现在的古董滩就是古代阳关的关城所在地。至于阳关何时何因被掩埋,至今无从考证。

西出阳关,阳光从车前挡风玻璃直射进来,照得我眼睛生疼,看什么都是紫红一片。恍惚之中,我仿佛看到取经归来的玄奘大师正踽踽独行,迎面而来。一千多年前,在这条路上走来了一个特殊的行者,他就是从印度取经归来的唐玄奘。唐太宗命令敦煌官员和百姓到阳关去迎接这位历经八十一难的高僧归国。阳关之途既无鸟迹,又无兽迹,充满了一种绝代隔世的荒寂。高僧一个人的取经路一定充满了艰辛、凶险和孤独,但他毕竟归来了。

阳关归来是安全、繁华和人世的温暖;阳关外是无边际的黄沙,曾经意味着征战、孤寂和一去难回。多少将士曾在这里戍守征战,留下了"古来征战几人回"的悲怆。阳关是别离,是老死不得相见的悲怆。戈壁上的黄沙永远望不到尽头,回头频望,徒增无尽的辛酸与无奈。西出阳关,就永别了回头望的幸福。何苦回头?

长长高高的边墙带着一种隔断的象征,永远耸立在视线的尽头。

君王,臣子,士卒,商旅,僧徒,谁的孤独不孤独?谁的孤独历经长夜开出灿烂的黎明之花?

出阳关向西是鄯善、于阗,过葱岭,可以至安息(今伊朗)。向着未知的世界不断地走出去、突围,孤独的生命才能不断丰富,从而得到慰藉。刘彻、张骞、霍去病、阳关……曾经年轻的梦想,曾经执着的身影,曾经辉煌的历史都是孤独最好的诠释。

阳关是一座被流沙掩埋的古城,阳关是怎样的凄凉?风吹来,吹落天边昏黄的太阳。恢宏的音乐如风灌耳,带动人的感叹情绪。风吹来,吹落天边的太阳,朝阳起又落,落之后必然又将升起,我们无可避免都将混入处于历史惨淡的洪流中成为过往。

长河落日,大漠孤烟。孤独是美丽的,正如忧伤是美丽的。阳关,一座被历代文人墨客感慨万千、写下不朽诗篇的古城,更是一座被宫廷乐师谱曲吟唱的古城。唐人诗歌被谱入乐府,成为唐代流行的歌曲。《阳关三叠》是唐人根据王维为送友人至阳关外服役的诗谱写的一首琴歌,入曲后又增添了一些词句,加强了惜别的情调。据清代张鹤所编《琴谱入门》的传谱,全曲分三大段,基本上用一个曲调做变化反复叠唱三次,故称三叠。白居易最早给《阳关三叠》诗题作过注,而且他在《对酒五首(之一)》中说:“相逢切莫推辞醉,听取阳关第四声。”后来,苏东坡在《东坡志林》里说:“余在密州,有文勋长官以事至密,自云得古本阳关,其声委婉、凄断,不类向之所闻。每句唱而第一句不叠,乃知唐本三叠概如此。”离别之时,一曲《阳关三叠》,一唱三叹,千回百转,道不尽的绵绵深情。

伫立在沙丘上,我默诵着王维的诗。也许,如此能近距离地感受阳关的寒冷,想象古时的凄凉,可我无论如何也作不出比王维等古人更精彩的诗句来。我一直以为,唐诗的境界是后无来者的。阳关这片古遗址就这样无限悲凉地横亘在风沙之下,站在死亡与悲壮、黎明与黄昏之间。

向西南行,丝路南道在层峦叠嶂中蜿蜒延伸。附近的沙漠森林公园林荫茂密,古木参天,暗泉、溪流潺潺流淌。远处,阿尔金山白雪皑皑,戈壁浩瀚,大漠苍茫。不远处,汉晋墓葬群星罗棋布。此刻,深远、厚重的历史和雄浑壮美的自然如此浑然一体地呈现在我的眼前。阳关古道上传来驼铃声声,那是从两千年前的时空随风而来。风云变幻,夕阳古道,黄土蓝天,见证着每一个生命的孤独前行,无论尊卑,他们都不屈地行走在荒凉和希望里。

又想起了张楚。沉浸在他的歌词里,我思索着:所有的一切都将逝去。老树会在某一天倒在崎岖不堪的古道边上,孤身上路的人在某一天会走不动,坐在地上直至某一天死去,所有的一切也许会被重新建起。戈壁会在某一天变成绿洲,远古的河床上会重新淌着甘甜的水,斑驳的砖墙会被推倒重新建起,古时候的符号终会被解读。

孤独的个体生命终会消失,它会被历史掩埋或者遗忘,凄迷和悲凉的一切会被另外的情感所替代。但它会或隐或现,融入人类历史的长河中继续流淌。

西出阳关,带着自古以来文人们一脉相承的那种特有的孤独和忧伤。

我突然发现,我还是幸福地活着。

阳关穿越了两千多年的时光隧道,在我的心中留下了一首千古绝唱。

嘉峪关，丝绸之路与万里长城的十字路口

一

小雨淅淅沥沥，夕阳忽隐忽现，西天灰云杂以白云，偶尔红光喷射。宇宙有推窗开门之感，示我以蓝色旋涡，真是特别之遇，慷慨至极。

嘉峪关到了。

远远望去，在雄奇险峻的祁连山和黑山的映衬下，眼前这座天下雄关似乎显得有些过于精致纤巧了，无论如何也难以将它和想象中的联系起来。被修复的历史总是少了点沧桑，只是嘉峪关三个字依然苍劲有力，浸着黄沙古道的威严。空旷的广场，高高的城楼，把人衬托得如此渺小。历经数百年风霜雨雪的侵蚀，城墙像一位历经沧桑的老人，脸上刻满深深的皱纹，躯体上的创伤更是纵横斑驳。斜倚在垛口，我的双手轻抚着古老的青砖，仿佛在小心地触摸着历史的脉搏。透过垛口远远望去，纷至沓来的美景令双目似乎都有些不堪重负了。夕阳下，祁连雪山如同一条在南面游动的玉龙，千里绵亘，银白的鳞甲片片凸起，一派狰狞，不怒而威。北面的黑山却有如一只高耸脊背的恶蟾蜍，山上乱石嶙峋，如生铁铸成一般。两山对峙，嘉峪关就雄踞其间。

建筑是历史的年鉴，当歌曲和传说已经缄默的时候，它还在说话。我相信，只要嘉峪关还屹立在这里，它就不会缺少虔诚的朝拜者。

嘉峪关的修建始于冯胜平定河西之后。1372 年，朱元璋为了巩固西北边

陲,遂命大将军冯胜多方勘察,选定了嘉峪山和黑山之间最狭窄处修建土城,结束了嘉峪关"宋元以前有关无城"的历史。从此,嘉峪关成为东西交通的门户。

嘉峪关屹立在万里长城终西端的嘉峪山麓,北望马鬃山,南看祁连山,地势险要,素有天下第一雄关的美誉。黄昏,面对着那高耸的城墙楼阁、凌空飞檐的雄伟走势,顿然有握剑游走城墙,傲视浩瀚大戈壁的时空交错的幻觉。那尘土飞扬的关外战场在残阳斜照下,令我顿生金戈铁马的豪情。

古往今来,这巍巍的大漠城池目睹了人间生离死别的悲歌。"三春白雪归青冢,万里黄河绕黑山。"冷夜寒风中,城墙外又有几缕在低吟梦回秦关的孤魂呢?

醉卧沙场君莫笑,古来征战几人回?

关城六百载,长城越千年。

有了明朝的万里长城,才有了完整的嘉峪关。虽然是因为长城而诞生,但是,明朝以前,嘉峪关是有关无城的,而在构建嘉峪关之前,河西走廊的长城却已经有了千年历史了,几乎和丝绸之路一样悠久。

眼前的一路一墙,路在心中,墙在脚下。一条路是丝绸之路,一堵墙是万里长城。如果说一路西去是为了敞开胸怀,那么一墙横亘则是为了图存自保。事实上,中国的古代史更多的就是纠结于通路还是筑墙。无论是路还是墙,都在嘉峪关交会了。

嘉峪关伫立在大漠、绿洲间,守望着丝绸之路,走向繁荣昌盛直至最后的衰落沉寂。

秦汉维系了四百余年的统一局面后,中国历史进入了近四百年的分裂,历三国、魏、晋、南北朝至隋唐重又走向统一。中原大地天翻地覆,河西走廊里,丝绸之路在游牧民族的角逐中时断时续,而长城拱卫中原王朝边防的作用也日渐式微,一直到了明朝。虽然赶走了元朝贵族,由于明朝国力薄弱,已经无力消灭河西走廊以西的元朝残余势力了。随着嘉峪关的修建,国力不济的明王朝终于放弃了对关外的实际控制,弃地千里,以嘉峪关为界,开始闭关以图自守,形成了"明代西疆至于酒泉"的局面。

汉长城和明长城都毫不例外地经过了嘉峪关。在经历了岁月的大漠孤烟、长河落日后,在翻阅了历史的金戈铁马、沧海桑田后,在聆听了无数的丝路驼铃、幽怨羌笛后,嘉峪关站在了丝绸之路与万里长城的十字路口。

如今,关城突兀,长城残垣,丝路古道已经难觅往日的车马喧嚣。但嘉峪关以及以此命名的嘉峪关市,却成了河西走廊的一颗明珠。抚今追昔,史上的辉煌,如今的灿烂,嘉峪关承载着过去,也憧憬着未来。

二

嘉峪关是商贸繁荣的见证者。

历史上,嘉峪关是边民集市的口岸。西域诸国对中原王朝的进贡由来已久,而嘉峪关一带是西域使者朝贡的必经之路。明代诗人戴弁《闻鸡渡关》一诗描述的就是当年番王入关通贡的情形:"月明房使闻鸡渡,雪霁番王贡马来。"据史料记载,在朝贡的同时,明朝还允许贡使在贡品之外可以多带些良马等,进行官市交易。1412年,明成祖朱棣下令:"来朝贡者,所贡之外,如有良马可官市之。"这样,留在嘉峪关的人也没有闲着,开始做贸易生意,朝贡带动了互市。朝贡使者与私商、官商合流,通商范围越来越广,商品品种越来越多,除传统的茶马互市外,大量的丝绸、瓷器、铁器、金银器皿、中草药、香料、宝石、美玉、琉璃、貂皮以及各种生活必需品源源不断地进出嘉峪关。

当时,嘉峪关除内城设有专供来嘉峪关巡视的官员及往来公干的中外王公大臣食宿的公馆外,外城内戏台东侧有一条不太长的街市,其中有驿站、旅店、酒肆、牙行。城外东关厢,一条大于城内三倍的街上,有铺户、栈房、茶寮、酒肆、旅店、牙行千余家,军民数千家,凡仕宦商旅出入关,大多宿此。

此时的嘉峪关除了依然保持镇守、稽查、验证、放行等军事功能外,更多的是通过官办的公馆、驿站和私营的客舍饭店,发挥接待不同层次过往远客的外交、商业功能。公馆、驿站免费提供食宿,接待贡使和过往使节,驿站空闲的房屋、客舍、饭店则接待远程贸易的商人。嘉峪关街市繁荣,盛况空前。

"远人慕化来,款关无虚夕。"据《明宗仁实录》载,西域诸地的使者、商队"往来道路,贡无虚月",其载货车"多者至百余辆"。互市在嘉峪关的繁荣,客观上延续了汉唐以来形成的西域与中原王朝政治、经济上的相互依存关系。穿着不同服饰的西域人及意大利、西班牙、波斯、土耳其、印度等国的使者、商人和驼队,在悠扬的驼铃声中,穿越大漠戈壁,往返于嘉峪关内外,成为古丝绸之路的风景。

清代因袭明制,嘉峪关继续保持镇守、验证、接待等军事和政治功能。道光八年(1828),清政府在嘉峪关外及阿克苏设立茶务稽查局,稽查官商、私商售茶价格及应纳课税等,嘉峪关的功能又出现了变化,成了商务税关。

1881年,《中俄伊利条约》的签订,将嘉峪关辟为外贸商埠。史料载,俄国因为国内原因,未派官员来嘉峪关设立领事馆,中方在此驻有税务司。从此嘉峪关成为通商口岸,以茶叶为主的对外贸易日益兴盛。

嘉峪关成为通商口岸后,清王朝向西亚、欧洲市场输出的茶叶数额巨大,约占国外市场的三分之一。《清史稿·食货志》记载,光绪十三年(1887),清政府通过嘉峪关输出了价值九百零三万两白银的茶叶和杂货,而从国外进口的货物仅值白银十一点八万两,实现贸易顺差九百八十一点二万两白银。

鸦片战争后,大清帝国饱受列强凌辱。1875年,陕甘总督左宗棠督办新疆军务,嘉峪关商埠一度繁荣。此后,随着清廷的衰败,嘉峪关的贸易随之凋敝,再没能出现以前的繁盛。

三

雄伟的嘉峪关总是令诗人浮想联翩。

有关嘉峪关的诗作多出于明清两代,其中以明万历年间陕甘道御史徐养量的五言诗《嘉峪关漫记》最有名。诗歌写出了嘉峪关"行行招玉门,迢迢扼沙碛。红泉襟其南,黑水障其北"的地理形势,写出了"五月沟草黄,一带石烟白"的气候特点,写出了嘉峪关"迩年争荡除,万里烽尘绝"威镇西陲的军事意义,还赞颂了汉代班超以德抚远的丰功伟绩并积极主张民族团结,"惠中绥万方,文教广四讫"。全诗四十四句二百二十字,草书题写,镌刻卧碑,今尚存世。

明人戴弁,字士章,明浮梁(今江西景德镇市)人,曾任广西参政。他的一首《嘉峪晴烟》以烟霞、寒光、风雨、夕阳为背景,为嘉峪关装点了浓浓的诗意:

> 烟笼嘉峪碧嵯峨,影拂昆仑万里遥。
> 暖气常浮春不老,寒光欲散雪初消。
> 雨收远岫和云湿,风度疏林带雾飘。
> 最是晚来闲望处,夕阳天外锁山腰。

很多描写嘉峪关的诗从不同角度描绘了大漠雄关的瑰奇景观。有侧重写山的:"马上望祁连,奇峰高插天。西走接嘉峪,凝素无青云。""四时积雪明,六月飞霜寒。"(明·陈荣《祁连山》)有侧重写风沙草木的:"风劲草痕白……前路少垂杨。"(清·沈青崖《柔远亭》)"风摇柽柳空千里,月照流沙别一天。"(清·汪漋《敦煌怀古》)更多的诗则侧重描摹关城的雄姿:"长城饮马寒霄月,古戍盘雕大漠风。除是卢龙山海险,东南谁比此关雄。"(清·林则徐《出嘉峪关感赋》)"冈峦重叠戴雄关,关势峥嵘霄汉间。"(清·宋伯鲁《入关》)"长城高与白云齐,一蹑危楼万堞低。锁钥九边联漠北,丸泥四郡划安西。"(清·裴景福《登嘉峪关》)

　　嘉峪关是西北军事要冲,许多有关嘉峪关的诗作反映了当时西北边境的政治军事形势。清初康、雍、乾年间,清军常出兵西北,金戈铁马,鼓角相闻。雍正的军机大臣鄂尔泰的《送查大冢宰领大将军敕出嘉峪关》诗就反映了这种场面:"宣麻西下领诸侯,小驻筹边望戍楼……旌旗一变思干羽,挞伐重光问虏酋。"(大冢宰指宁远将军查郎阿)幕佐施袖华有诗云:"暮宿嘉峪关,别酒破萧瑟。凌晨出西门,送客旌旗密。"(《出嘉峪关作》)清末,西北地区太平无事,嘉峪关虽仍驻兵,已失去国防意义。陕西提督周达武诗云:"防边自古建雄关,圣代于今卧鼓闲。""风腾瀚海鲸鲵吼,月冷荒城剑戟环。"(《登嘉峪关》)

　　清代遭贬充军的官吏或流放到西北伊犁等地的"罪犯",经过嘉峪关时自然感慨万千:"一出此门去,便与中土殊。明知有还日,得及生也无。"(清·史善长《出嘉峪关》)"一骑才过即闭关,中原回首泪痕潸。"(清·林则徐《出嘉峪关感赋》)这些诗句充满了对中原故土的依恋之情,其中不乏豪迈激越、慷慨悲壮之作:"雄关楼堞倚云开,驻马边墙首重回。风雨满城人出塞,黄花真笑逐臣来。"(林则徐《塞外杂咏》)清洪亮吉的《入嘉峪关》则表现了遇赦归来的喜悦:"瀚海亦已穷,关门忽高矗""城垣金碧丽,始见瓦作屋""驻马官道旁,生还庆僮仆"。

　　一首首嘉峪关诗,从不同的角度展示着"天下雄关"的粗犷和奇异。

　　到了近代,于右任先生的一首《嘉峪关前长城近处远望》也值得一提:

　　　　天下雄关雪渐深,烽台曾见雁来频。
　　　　边墙近处掀髯望,山似英雄水美人。

末尾一句,让嘉峪关有了英雄美人的内涵。
我缓缓地扬起胳膊,向嘉峪关致敬。

春风不度玉门关

一

出了敦煌,一路向西。通往玉门关的一条公路,在戈壁滩上伸向远处的天边。灼眼的阳光,翻滚的热浪,天苍苍,野茫茫,不见草场,更没有牛羊。我默念着班超的心愿:"臣不敢望到酒泉郡,但愿生入玉门关。"

"但愿生入玉门关",这是一个为朝廷在河西工作了几十年的臣子的生命体验;"春风不度玉门关"的荒凉,在秦汉唐宋的诗文里,也在千千万万戍卒思妇的命运里。

汉人把玉门关建在大地上,唐人却能把玉门关刻在灵魂里。王之涣的悲壮苍凉:"黄河远上白云间,一片孤城万仞山。羌笛何须怨杨柳,春风不度玉门关。"王昌龄的慷慨决绝:"青海长云暗雪山,孤城遥望玉门关。黄沙百战穿金甲,不破楼兰终不还。"还有绵绵长长的思亲怀远:"秋风吹不尽,总是玉关情。""长风几万里,吹度玉门关。"……这些千古绝唱,让玉门关的名字至今仍鲜亮地活着,时间难以磨蚀,风沙难以销匿,激起人们对它更多的怀念和向往。

然而,当我置身于大漠戈壁滩上时,昔日的雄伟建筑已荡然无存。远处,孤零零的一座四方形的小土堡,让人真真切切体会到"孤城遥望玉门关"的意境,但玉门关只剩些断垣残壁了,很难相信这就是名闻天下的玉门关。眼前只是一片废墟,黄土墙垣的残骸。

关城墙身全为黄土夯筑而成,四堵墙围成的方城,从外面看上去,像个废弃的农家小院,西、北两面各开一门,因墙土部分坍塌,城门已呈三角形,倾颓如土洞。尽管浑厚的土墙已经被黄沙、朔风和历史的烟尘剥蚀得凹凸不平,仿佛伤痕累累、褶皱斑驳的老人的躯体,但它依然生根一般扎在沙碛中,一层一层,是它傲人的年轮。

距离关址几步之遥有几株胡杨,也傲然地扎根在沙碛中。

极目天地,远山横陈,若隐若现,灰蒙蒙的看不真切,那是玉门关远古的陪伴。天风浩荡,大漠苍茫,这起伏跌宕的旋律,从古到今,陪伴着玉门关,熏陶着玉门关,使它长成一座山峰,和天地融为一体。

阳光之下,一方碑石上镌刻着的"玉门关"三个字还在提醒我,这不是山,而是一座关城。

除了这个小方盘城,还有大方盘城,那是西汉玉门关昌安仓,用来储备粮草军需。也只有些残垣断壁,零零落落,但废墟之上的黄土仍然闪烁着金色的光芒,仿佛被注入了生命一般。

小方盘城和大方盘城皆筑于疏勒河之南岸,是要靠水,也是要控制丝绸之路。远处疏勒河水还在静静流淌。谁能想象这里曾是短兵相接、刀光剑影的战场,这里曾是车马萧萧、驼铃叮当的丝绸古道?从那未曾坍塌的墙洞里,曾出入过满载丝绸和石榴、葡萄、玉石的驼队,操着各种语言的异族商人,秉持王命的朝廷要员,和亲的队伍……

这里是丝绸之路北道的要隘,在这里曾经出土过汉简,包括诏、奏、律令、檄文,还出土有笔、砚、药书,见证了汉人曾设关管辖。

"玉门关城迥且孤,黄沙万里白草枯"是历代玉门关不能突破的荒凉景致。如此凋敝的戈壁腹地上,历史却为我们留下这座方形小城关。我忽然明白,这里无论从哪个角度望去,都是天圆城方:方是一首对抗荒凉、气势雄浑的边塞诗,圆是一曲融我入天地、融有于无的禅音。

如此一想,遥望玉门关,怎么会觉得荒凉呢?

二

汉长城遗迹断断续续在视线里与沙漠融为一体,玉门关是长城的终点,但现在它们彼此失散了,只能寂寞地守望。历史学家们说,隋唐之后玉门关开始渺茫和荒凉。两千多年前,这里稻粱遍野,牛马无数。在汉朝时,它是当时丝绸之路的枢纽。可我总是觉得,它的荒凉是近些年的事情。

"汉列亭障至玉门矣",这是史料关于玉门与战争相关联的最早记载。所谓"亭障"就是古长城。玉门关始置于汉武帝开通西域道路、设置河西四郡之时。元鼎或元封中(公元前116—前105)修筑酒泉至玉门间的长城,玉门关当随之设立。据《汉书·地理志》载,玉门关与另一重要关隘阳关均位于敦煌郡龙勒县境,皆为都尉治所,为重要的屯兵之地,当时中原与西域交通莫不取道两关。

但早在汉初之时,汉朝对西域完全没有控制权,广阔的西域完全沦于匈奴的铁蹄之下,不仅如此,匈奴人还频频进犯。刘邦"威加海内",却只能坐看"白登之围"。文景之治,休养生息,发展生产,暂时缓解了战争带来的矛盾。武帝刘彻即位,西汉政权渐渐稳固,不到二十岁的年轻皇帝血气方刚,锐意图强,展开一张地图,日夜思谋西进。在此后五十余年中,终于扼匈奴、开西路,通西域各国,成一代霸业。

建元三年(公元前138),十九岁的汉武帝派遣二十七岁的张骞作为使节,去遥远的西域游说大月氏联手抗击匈奴。那个时候距离玉门关的筹建还有将近二十年。张骞出师不利,被匈奴两度俘虏,但他矢志不渝,手持汉节,孤行大漠。十三载异域行旅,终于带回关于西域的珍贵信息。

匈奴屡屡来犯,张骞音信全无,汉武帝等无可等,终于决定出征匈奴。元朔二年(公元前127),他派大将军卫青出云中以西,沿黄河北岸,与匈奴右贤王战于高阙,然后又沿着河套南下,将匈奴驱逐出河套,夺取了河南大片土地。接着便设置朔方、五原郡,从内地迁徙十万人定居,又将秦长城加固延长,以防御匈奴反扑。元狩二年(公元前121)春,年仅十七岁的骠骑将军霍去病率领一万骑兵,沿河西走廊,越焉支山,直抵狐卢河。夏,霍去病再次率数千铁骑,兵出北地,越居延泽,驰至天山。此次重创匈奴主力,迫使匈奴浑邪王、休屠王遣使向汉投降。时隔两年,元狩四年(公元前119),汉武帝又派卫青和霍去病率骑兵、步兵几十万人,分道深入大漠南北。此战中,单于仓皇突围逃遁。匈奴迁徙大漠以北,从此"漠南无王庭"。

张骞带回来的地图以及西域各国的政治、经济、民俗情况,让汉武帝兴奋异常。从此,他开始通过外交结盟和武力征伐两种方式不断扩张势力,先后在河西走廊设武威、张掖、酒泉、敦煌四郡,修建了阳关和玉门关,同时对秦长城加固延伸,修筑城堡、亭障、烽燧,组成了整体防御工事。从此,往来的商队有了庇护,在河西走廊上渐行渐远,渐行渐多。玉门关就这样穿梭在刀光剑影和驼铃声声中。

汉室江山有了玉门关的守护，从此多了一份安宁。铁马冰河，羯鼓胡音，大漠边声，玉门关成了祁连山乃至河套平原的一道铜墙铁壁，庇护着关东一川烟雨和汉室的国计民生。

遥望玉门关，遥望"秦时明月汉时关"，遥望一段开疆拓土、连通西域的历史，我不知该为这样的辉煌喝彩，还是该为这辉煌背后"烧其城余粟以归""斩捕首虏万九千级"的残酷哀伤。玉门关沉默着，不言不语。

三

历代的玉门关旧址众说纷纭，但汉时的玉门关远比后来的玉门关向西。据《大唐西域记》记载，玄奘西游途经瓜州晋昌城，当地人告诉他，北去五十里有一葫芦河，"回波甚急，深不可渡，上置玉门关，路必由之"。然而那座玉门关早已不是汉时的旧址了。

1907 年，英国人斯坦因在小方盘城以北一处烽燧遗址掘得汉简若干，初步断定小方盘城为汉代玉门关所在。1944 年，夏鼐、阎文儒也在小方盘城发掘出汉简，有一简墨书"酒泉玉门都尉"字样，小方盘城即汉代玉门关旧址遂成定论。

距小方盘城十五公里处是大方盘城，即河仓城。根据匈牙利人斯坦因和我国历史、考古学家阎文儒先后在此处挖掘的汉简及西晋碣石所记载的文字考证，河仓古城自汉代到魏晋一直是长城边防储备粮秣的重要军需仓库。把守玉门关、阳关、长城、烽燧以及西进东归的官兵将士全部从此库中领取粮食、衣物、草料供给。河仓古城是古代中国西北长城边防至今留存下来最古老的、规模较大的、罕见的军需仓库。

如今，河仓城只剩一些断壁残垣，不复往日的规模。斜阳穿过断裂的缺口，洒下玫瑰色的光影，坍塌的墙体，满目的沙砾，不远的几丛芨芨草，让我感到丝丝寒气。这里曾掩埋过多少征人的白骨？刺一般的草木可是往日刀剑的魂魄？那挺立的土墙像一个戍卒，战袍上落满尘埃，风霜塑成他笔直的线条、紧绷的肌肉。他凝视着我，默然从遥远的时空向我发问，为什么叫玉门关？

是啊，为什么不是铁门关、剑门关、虎门关？

寒星霜月，孤雁飞蓬，漠漠荒原，金戈铁马。这里是杀伐的战场，是生命的隔绝，是中原白发母亲泪、闺中妇人怨的伤心地。

孔子以玉喻君子之德，"君子比德于玉焉，温润而泽仁也"。这种对于人的修养的高级追求,似乎从来不曾对统治者有什么真正的约束。谦谦君子,莹莹如玉,似乎只是他们装扮自己的华冠,扩张和掠夺才是华冠下的脑袋。

玉门关因西域输入玉石时取道于此而得名。相传西汉时西域和田的美玉经此关口进入中原。其实不知道自何年以来,昆仑山之玉就经这里进入中土,为夏商周及秦汉之天子所用。在商王妃妇好墓所出土的大量玉器中,就有温润的和田玉。丝绸之路不通以前,玉石之路已经通了。丝绸之路废了,玉石之路还在通。玉文化出红山,出良渚,出仰韶,出齐家,出石峁,皆发端于新石器时代,有的是八千年之玉器。

遥望玉门关,越过短暂的战火狼烟,在更遥远的时代,或许曾有过"唯礼唯玉"的时尚吧!

四

玉门关以西,有一段保存较好的汉长城遗址,地基宽三米,残高三米,顶宽一米,为我国目前汉代长城保留最完整的一段。敦煌汉长城的结构并无砖石,因地制宜,就地取材建造。敦煌北湖、西湖一带,生长着大片红柳、芦苇、罗布麻、胡杨树等植物,修建长城时,就用这些植物的枝条为地基,铺上土、砂砾石,再夹上芦苇层层夯筑而成。以此分段修筑,相连为墙,在今天仍十分坚固。

现在,在玉门关遗址,可以欣赏到一望无际的戈壁风光,运气好的话,能邂逅虚无缥缈的海市蜃楼、形态逼真的天然睡佛以及戈壁中的沙生植物。这些景物与蓝天、大漠、绿草构成了一幅辽阔壮美的神奇画面。

两千多年过去了,玉门关不再是"春风不度"的荒漠寂野,古老的仓城与长城也早已失去原来的作用。古往今来,多少爱国将士为镇守长城边关征战殒躯、长卧沙场,又有多少文人墨客为之吟歌赋诗?

一队骆驼在沙丘之间缓缓前行,它们慢条斯理地向玉门方向走来,驼峰间驮载着沉重的包裹,仿佛从历史的深处走来。我想象不出玉门关鼎盛时期会繁华到什么程度,今天,芨芨草、骆驼刺,还有胡杨、红柳一丛丛、一簇簇生长在这片戈壁滩上,让人备感凄凉。

玉门关既已失去边陲重关、丝路重驿的历史地位,就让它留在历史的角落里吧,它带给我们的思索和启示会是什么呢?

一条大河出现在戈壁滩上,河流湍急,清澈的绿水从南向北流去。河水经过的地方有了绿色,田园、树林、村庄安然其中。田里的玉米长势正旺,绿油油一片,风吹沙沙响。毛驴在拉犁,水塘里有鱼跃,渠水汩汩,水库映着蓝天。田地与戈壁滩的交会处,有的盐碱地被放弃。远处大片的棉田迎面扑来,雪白的棉桃密密匝匝缀满枝头,采棉人置身其间,半人高的装满棉絮的蛇皮袋一排排栽满地头。

日落时分,祁连如黛,戈壁幽暗。一条大河不知疲倦地流淌着,流过无数个黑夜与白昼,流过新月与骄阳,流过历史的屈曲幽暗,流在饱经战火、烈风、干旱的土地上。

从玉门关遥望,我看到这片苦难的土地,看到这土地上弓背前行的人,他穿越历史时空,执着而坚韧地一路走来,从来没有停歇,如长河汩汩不息,天长地久。

西域怀古

西域，无论如何猜想，都是一个神神秘秘的名字。

从狭义上讲，西域是指玉门关、阳关以西，葱岭即今帕米尔高原以东，巴尔喀什湖东、南及新疆广大地区，而广义的西域则是指凡是通过狭义西域所能到达的地区，包括亚洲中、西部，印度半岛的地区。在我一生有限的旅途中，西域之大，漫无边际。

西域给了我怎样的想象呢？

古道如剑，刺破西天的暮色。北风里，驼队的铃声荡气回肠，在茫茫戈壁中回响。羌笛、鼓角、金戈、铁马，遥远的历史，凝成大漠永不分化的诗章，任凭千里风沙传唱不休。悠长、遥远、迷蒙的云烟，留给人们神秘的遐想。

苍茫大地，西域流水，清如镜。登高布达拉，摘星不是梦。云白如稀烟，攀云游海，郁郁消散，心静修身乎忘之。

苍翠清原，一展无际，绿如湖。游内蒙古西苑，古韵消愁城，掘地寻花金，抚梦思忆，郁郁寡欢，丘山波似浪涛尽。

是哪一位汉朝的武士倒在历史的沙场上，猩红的血迹还没有干，厮杀的呐喊声隐在。

胡人逃去的马影顿失山丛，丢下一篇篇真实的故事在壁画的野火中燃烧，又被焚化成一章章经典的传说，于一千年之久的那端走来，总不见往昔陈旧的盔甲和战袍，就剩下一支狂草的笔立在边塞诗人长眠的墓地。

是谁在为这些英雄的骨殖哭泣？

西域自古即是冒险家的乐园，穆天子西巡昆仑约会西王母，最早使冒险家的爱情成为神话，后来的张骞、班超、玄奘等，也都把冒险当成一项事业。成吉思汗西征，更属于豪赌。到了 19 世纪末 20 世纪初，古西域又拥来一大批自称代表西方文明的探险家，譬如斯文·赫定、斯坦因。来到西域，面对那传奇般的历史和非别处所能比拟的脱俗之美，谁又能做到心如止水呢？除非石头。斯文·赫定发现了楼兰古城，斯坦因发现了精绝国遗址……应该承认，他们在新疆的考古成就填补了西域史的几段空白，但这不能推翻一个事实：他们从中国挖走了大量文物。掠人之美是不光彩的。

夕阳落去，西域如宁静的海。

西域，我来了，尽管我只是抚摸了它的一角。身旁，秋风轻抚着琴弦，如风铃般敲打着我的鬓发。怀古的梦想在浮云里缓缓移动。我挥起笔，任晨夕蘸墨诵文。西域，亘古不灭的绚烂迷醉了我的冷脸，沉淀了我的心灵。

远处的胡杨卧成一曲悲怆的诗歌，在野狐睁大的瞳孔中流下一曲美丽的相思，说好今晚的苍鹰不走，却还是在河道边划过一翅远去的倩影。

没有水，只有篝火泛滥在沙滩的岸头。

风来如潮。

月色如潮。

只有那无语的狂舞不醉在驼铃摇响的酒坛边。

"西域之统一，始于张骞，而成于郑吉。"自西汉张骞"凿空西域"，首开丝绸之路，不仅中原的丝绸、瓷器、手工艺品传入西域，传至西方，还引入一系列以胡命名的食品、植物，譬如胡椒、胡麻等，还有做法繁多的胡饼之类。公元前 60 年，汉朝设置西域都护府，西域由此正式归属汉朝版图，管辖范围东起阳关、玉门关，西至中亚费尔干纳盆地，北抵巴尔喀什湖，南括葱岭（即帕米尔高原）。西域五十五国，除大月氏、康居、安息等五国因距离中原"绝远"而不属都护外，其余五十国均立于汉朝旗下：楼兰国（今罗布泊）、于阗国（今和田）、龟兹国（今库车）、乌孙国（今伊犁）、疏勒国（今喀什）、姑墨国（今阿克苏）、温宿国（今阿克苏一带）、精绝国（今民丰）、高昌国（今吐鲁番）、大宛国（今吉尔吉斯共和国费尔干纳）……史称西域三十六国。这些处于相互分割状态的城邦和行国不过是戈壁、沙漠间的块块绿洲。

唐朝再度统一了西域，而且比汉朝有更大的凝聚力。它设置安西都护府，府址先设在高昌，后迁至龟兹。安西都护府还在龟兹、于阗、疏勒和碎叶设立四镇，重兵把守，即著名的安西四镇。公元 702 年，女皇武则天又在庭州（今吉木萨尔县)设立北庭都护府,加强天山南北的守备。西域作为丝绸之路的中转站,为欧亚物质、文化的交流发挥了更大作用。

《汉书·西域传》记载丝绸之路有"南北二道",即经敦煌或出玉门关或出阳关进入新疆,沿塔克拉玛干大沙漠的南北边缘而行,北道穿越火焰山下的吐鲁番盆地(高昌),经过和硕、库车、拜城、阿克苏、喀什,南道则经过若羌、且末、民丰、和田,但南、北道都要西跨帕米尔高原(即所谓的"西逾葱岭"),叶城、莎车、疏附、阿克陶、乌恰、塔什库尔干沿途遗存古堡、古驿站。另外,估计自东汉开始,丝路又出现第三条道路,即新北道,从吐鲁番、哈密、吉木萨尔到伊犁河谷,再到巴尔喀什湖沿岸和今天的独联体各共和国,都是游牧民族的地盘,因而又叫草原丝绸之路。玄奘西行取经,出玉门关,先到哈密、高昌,走丝路北道抵达佛国天竺(印度)。满载而归时,经过阿富汗翻越帕米尔高原,没再走原来那条路,而是经过于阗,沿丝路南道返回长安。西域的古道运送过玉石、丝绸、食物、商旅、兵马,也运送过宗教的经卷——这条欧亚的交通大动脉,对各个国家、民族的文化起到"混血"的作用。

在西域,近距离地接触荒凉,我在想,西域雄浑的气息被后人念念不忘且一直被朗诵下去,在当时出现时就一定如同一把锋利的刀子一样刺在了时间深处。古西域是一块热闹至极的土地,历史在这块土地上长成了葱郁浓密的树木,在两千多年里这些树木愈来愈密切地汇集,终于布成逐天覆地的林海,于浓烈和清澈之中完成了自身。每一块土地其实都是被历史完成的,但西域之完成却是一种浓烈的长久持续了生命阵痛的完成。现在,顺着时间从古数到今,我们可以看到古西域每一时期的背影,比如与中原诸朝的关联,与西域诸民族的相互牵制和影响。这是一种明朗的历史数据。而我们如果把目光投向古城、遗址、寺院、壁画和石窟等地,看到的又是西域的另一种生命,这是一种更隐约的生命经历,是更彻底的过去时。一个地方只要具备了明朗的历史数据和隐约的生命经历,它在我们的印象中就是神秘的,就是令人心驰神往、魂牵梦萦的。灵魂是一个人的另一双最为执着和果敢的脚,对一个在路上的人来说,他的表现就是灵魂的表现。只要还有热爱,还有向往,还有眷恋,没有什么能够阻挡追逐的脚步。

今天,西域的大漠枯草摇曳在沙砾的旷野中,风摇晃着梅花的傲骨,仿若一场梦,体验着飘舞的云间嬉闹,落进了季节的繁华里,享受着无垠荒漠上最美的五彩斑斓。仰望满天的繁星,在幽暗中期待着,远处传来的金戈铁马声,使风过黄沙静,为爱演绎了一段英姿飒爽的气概,感受骤雨掠过,依然如昔,浸透了满目疮痍,相思红蕊依旧绽放在梅的中央,让历经的无谓默默地擦掉了震撼后的荡气回肠。

诗是我心目中的圣经。在这条不太押韵的路上,我一会儿把自己当作张骞、班超、玄奘,一会儿又想象自己是喀喇汗、成吉思汗或马可·波罗……这是诗人的特权:完全可以有不同的化身。我想,一个歌唱西域的诗人应该是诸多文明的共同后裔,是美丽的混血儿。他必须勇于打破原先的血统,改变自己精神上的血缘关系——复杂,比纯粹更有意义,也更有魅力。

岩石上的语言疯跑了一千年。一壁不朽的图腾出自一位猎人之手,那支箭直到现在还没有射中那个带泪的爱情,在干涸的源头,一处处被高高挑起的民歌,惊恐且羞涩。

云台上飘落的红巾打古城的皇宫而来,沾满了哭泣的哀怨。那匹永远也不走的石马在为谁而空空地守候? 主人已痛楚地离去,只留下一段经典的传说。

在西域的大地上与风赛跑,就可以直接到唐朝了,边关的武士都是从长安城去的,在出土的陶罐上还能清晰地看到玄武门的故事。这里不只有霉变的家书和捷报,还有一处或另一处已经锈迹斑斑的驿站,都被请进古老的陈列馆内。战争的寒光依旧未褪去历史的血色,男儿高亢的声音冻僵在冰天雪地,依稀之间,那马的嘶鸣幻化为一坑真实的化石。

走在西域,我寻觅不到典籍上被记录的笔墨,都是荒凉的沙原和野鸟的飞影。

甚是寂静,我来到这边关的遗迹上,不敢去谛听那千年的世界,满目是旱裂的思索,如果能有一渠的水,或许能复活这一方美丽的传说。

坐在一块沧桑满面的石头上,不知这是哪位将军歇脚的地方。草丛中的泪还没有逝去,只能看见一颗颗思乡的诉语,闪烁着无限的惆怅和无奈。

一切都由胡杨做证。

胡杨,你这西域的精灵。

枯朽的枝干上高挂着刀剑的精神,在清凉的暮色里垂滴着鹰的悲歌。

西域古老的一页翻过去了,新的精彩又何时才能到来?

西域在风雨中美丽。

西域在传说中凄婉。

西域,我来了。

丝绸之路向青海飞来

背着双手,漫步在青海的草原上,感觉离天很近,抬头就是天堂。低下头,我看见的是一株株草叶。它们虽然独立生长着,但在看不见的地下,它们的根系却永远纠缠在一起。草根与草根赤裸的拥抱,宛若多年未见的朋友。草叶从不声张,互相牵连,也牵挂着对方,彼此之间的思念铺天盖地,一望无际,连天空也为之低矮,仿佛翻过山岗就是自己的家乡。

这是我在青海的大地上的情景。

2000 年的晚秋,我去了西宁。晚上在下榻的旅店凝视窗外的夜,异域高原的夜色太重,在水迹斑斑的窗玻璃上,我只看到自己瘦弱的影子不断地塌陷下去。走出旅店,来到清冷的街头,牛羊的味道、枯草的味道、雨的味道和风的味道,亲切地将我的身心层层围裹。这也是一种感动,一种温暖。对面的高山和比山更高一层的夜天,它们是明暗对比极其强烈的黑白画。那高山高得叫我不得不抬头仰视,那高山和夜空注入我的精神元素是英雄、正义和崇高无比。

我看到了夜空里的一只鹰。如今,我还在怀念那只鹰,在青藏高原的高山下,在那年晚秋的青海之行。

青海是陆上丝绸之路的必经地之一,是丝绸之路北路、沙漠南路的主要组成部分。在由中原、关中经甘肃河西走廊进入新疆,沿塔里木盆地南北穿越葱岭,通往中亚、印度和欧洲的主干线以南,还有一条经青海古羌人居住区通达今新疆至域外的路线,史学界称之为丝绸之路青海道。

青海地处中国西部中心地带,辽阔的天然牧场,丰腴的待垦土地,成为滋生涵养众多民族的发祥地,也是众多宗教传播发展之地,是伊斯兰教在中国最早传播的地区之一。考古研究发现,唐蕃古道青海丝绸之路在一千五百年前的繁荣程度不亚于中外人士熟知的新疆—河西走廊—西安丝绸之路,是古丝绸之路最繁荣的干道之一。经西宁、柴达木到甘肃敦煌和新疆的古代南丝绸之路,不是人们通常认为的只是北丝绸之路的一条辅路,而是公元6世纪到9世纪前半叶古代丝绸之路的一段重要干线,其地位和作用绝不亚于河西走廊。

魏晋南北朝时期,中原战火不断,汉朝开辟的河西走廊被阻断,原来位于青海境内的羌中古道就开始繁荣起来。这条路从西宁开始经青海湖、德令哈到了茫崖,最后进入新疆境内到达鄯善、且末、和田,然后与丝绸之路西段重合。

青海丝绸之路开始繁荣于南北朝,唐代进入鼎盛阶段,青海道是唐代丝绸之路最重要的干道之一。

青海道沿途分布有大量的文化遗址,出土了很多汉、唐至明、清的珍贵文物。青海都兰发现的东罗马金币、波斯萨珊朝银币、栗特银器和大量品种众多的中外丝织品,洋溢着浓郁的异域色彩,对研究中西方交流史有着重要的价值和意义。它柔韧绵长的红飘带轻轻甩过黄河河套,系住了古罗马的文明,然后通过丝路上的驼队,叮叮当当敲响了浪漫之旅。这是一张国际名片,是一张通行天下、纵贯古今的名片。确认青海是丝绸之路中的一部分时,世人在接到这张名片的时候,将会看到青海二字。

从交通层面来说,在沙漠还没有让位于大海,骆驼还没有让位于船只之前,这条路上走动的都是文化,而青海道恰恰是这条路上一个火红的"中国结"。当丝绸之路北、中道因战争而中断时,作为南道中的重要部分,青海道发挥了前所未有的重要作用,在历史的长河中,它不但拴住了经济,还凝聚着文化。

被学者和专家认可的丝绸之路青海道大致走向为:从古长安出发,过咸阳,沿丝绸之路东段西行,越陇山,经甘肃天水、陇西、临洮至临夏,进入青海民和官亭,经乐都、西宁、湟源、登日月山,涉倒淌河,到恰卜恰(伏羲城)、青海湖、都兰、敦煌……

一匹白色的骏马在铺开的绿毯上张开四蹄,快乐地飞扬,骑在它的身上,信马由缰,它的方向就是我的方向。

关于青海高原,唐代诗人皇甫曾写下"暮天沙漠漠,空碛马萧萧"的诗句,可以想象,在当年的道路条件下,商队穿越青海路时需要多么强健的体力和多么顽强的意志。行驶在高原的道路上,能够明确感受到季节的变化,即便在夏季翻越山岭时也经常会遭遇冰雹的袭击。

踏上这条路,我的眼睛就被这里独特的美丽所吸引。

青海湖,一片蓝天悬挂在草原的深处。

道路两边,一边阴云密布,一边阳光明媚,道是无晴却有晴。一会儿穿着单衣,一会儿穿着夹衣,一天里就走过了春夏秋冬,仿佛一生也就这么短暂。站在青海湖的祭台上,一遍遍地倾听着祭湖的号子,我的心终于如青海湖一样平静无澜。青海湖像一片蓝天悬挂在草原的深处,只要有风吹过,定会掀起浪涛,连飞鸟、白云都随波荡漾。挚爱带不走它的一根水草。多想做湖里的一条小鱼,这样就可以在它的怀抱里做着安静的梦。小小的翅,小小的尾,轻轻地滑行,仿佛在等待日月山那边的光芒,永远也不被人察觉。回头,羊群像云朵一样铺在湖边,我的思念也化作满湖的水慢慢进入冰冻。

黄河石,守望的意义。

在贵德的黄河边,我看到黄河水像溪水一样透明、清澈。谁说跳进黄河洗不清?洗不清的是自己的灵与肉。沙滩上遍布着细小的黄河石,这些海水的尸骨经年之后如此光滑、圆润,红、黄、白、青,偶尔还发现绿。多少年前它们从海底升起,现在它们铺满奔赴大海的路上,也许一辈子到达不了大海,可它们矢志不渝地坚守着守望的意义。

喇家小村惊现庞贝城。

沿着黄河一路而上,经过凤凰山下的丹阳古城,热闹的官亭镇,一条小路把我牵引到了喇家村。喇家村遗址因地处喇家村而得名。喇家村遗址发现于2000年,一经发现,便震惊世界。喇家村遗址曾经历了地震与洪水的双重袭击,汹涌的洪峰冲上河边台地,涌进了当时居民的半地穴式建筑,淹埋了滞留在房中的人。在遗址中,无论是窑洞式的聚落形态、特殊的地面建筑、聚落外围的宽大壕沟、区域中心的广场和祭坛,还是礼仪用的玉器、巨大的石磬、精美的彩陶和漆器、组合的生活陶器、房里的壁炉等,都证明了这是一处新石器时代的巨大聚落。

柳湾村,聚集万千彩陶的小村。

柳湾村位于海东市乐都区碾泊镇,是一个依山傍水的小山村。这里绿柳成荫,鸡犬相闻,像是《桃花源记》中描写的世外仙境。考古发现,这是迄今为止我国规模最大的原始社会氏族聚落遗址和墓葬群。柳湾彩陶博物馆收藏墓地出土的彩陶文物一万七千多件,不乏我国远古彩陶艺术中的珍品。彩塑裸体人像彩陶壶被誉为稀世艺术珍品。壶腹上以浮雕加彩绘的手法做了一个全裸站立人像,人像两腿的外侧分别绘着带爪指的折肢纹,壶腹的另一面绘有黑色的变体神人纹。这件彩陶壶上的浮雕人像和神人纹是人和神的共同体的两种不同形式的表现,堪称原始艺术的瑰宝。

瞿昙寺,深山里的小故宫。

瞿昙寺山环水抱,随势而起,有好风水者说这是一块风水宝地。它保留着明朝汉式的建筑风格,其中不少还是仿照明故宫的建筑形式,被人誉为小故宫。全寺共有前、中、后三进院落,整座寺院端正、大气、素雅。寺院内最宏伟的建筑隆国殿及两侧抄手斜廊以故宫太和殿的前身明代奉天殿为蓝本建成,而隆国殿前左右对称的大钟楼大鼓楼则模仿奉天殿两边的文楼和武楼(清代的体仁阁和弘义阁)建造。无论是大木结构、斗拱形制,还是细部隔扇蔟六雪花纹、枋头霸王拳、屋顶吻兽小跑、平座滴珠板、鼓镜柱础,均与故宫建筑一致。一座藏传佛教寺庙却有着明代汉式建筑风格,让我不得不对瞿昙寺刮目相看。

互助,彩虹编织的画卷。

我国少数民族之一的土族就住在互助土族自治县。在县城的街道上,见到漂亮的土族阿姑,阿姑们的袖子用红、黄、黑、绿、白等不同颜色拼成,恰似天上的彩虹。在小庄舞袖风情园,土族姑娘会用自己酿造的青稞美酒来欢迎远道而来的游客。悠悠安昭舞的翩翩舞姿,原生态的男女声花儿演唱,惊险飘逸飞旋的轮子秋,就连锅头连炕的农家庄廓也是民俗味道十足。

西宁,北山上的九窟十八洞。

北面山崖上一座崖体陡然突出,高数百米拔地而起,形成露天金刚,这就是西宁人所称的闪佛。露天金刚宏伟高大,造型粗犷,极具唐代艺术风格。经过一千多年的风雨侵蚀和自然风化后,其躯体、头脸甚至五官仍依稀可辨,看上去既是佛像,又似宝塔,据说是千百年的风剥雨蚀和鬼斧神工,造就了这一奇峰,因而古人有"在崖立如浮屠(宝塔)状"的描述。西宁北山又名土楼山。土楼山上曾建土楼山神祠。经过历代的扩建增修,在峭壁断崖间凿成洞窟,自西向东依次分布着九窟十八洞。洞窟前依山而建的斗母殿是土楼山最宏伟的建筑。北山烟雨是西宁八景之一,雨中的斗母殿,殿檐滴水如珠,雨幕中的群楼像笼罩了一副轻纱,道路纵横像是几笔粗墨,片片树林如同淡墨渲染。遥望宝塔,似见似不见,形隐而神存。

馨庐,以陋室为名的玉石公馆。

位于东稍门外的馨庐是马步芳的府邸。据载,馨庐修建时从省内征集技艺高强的铁工、木工、泥瓦工数百人进行施工,并征调兵工、民夫八千名采运建筑材料,经过两年时间,于 1943 年建成。馨庐二字系国民党元老林森于 1943 年所题。馨庐之名来自《陋室铭》中的"斯是陋室,惟吾德馨"和"南阳诸葛庐,西蜀子云亭"。因为公馆的许多墙面均镶有玉石,故人们称之为玉石公馆。公馆由多个院落和不同形式的房舍以及花园组成,院落布置有序,园内有花卉树木、楼台亭榭,被称为青海的乔家大院。

传说在一千六百年前,在青海都兰的一个山岗上,有一支队伍在神职人员的引导下,寻找着一处灵魂的居所。即将下葬的是一位王室成员,他把未来世界的选址使命交给了巫师,巫师把位置交给了神,神是太阳,是翱翔的鹰。那时,山鹰俯瞰着的是一个名为吐谷浑的领地,在这块领地上,曾有一条旺盛的商路,它与丝绸之路连接在一起,被称作青海之路,通畅了几百年。

现在存世的文献对青海之路的历史记录很少,群山将封存的秘密保守了一千六百多年。

唐代诗人柳中庸曾用"青海城头空有月,黄沙碛里本无春"来描述这里的暗淡景色。尽管在那时,青海道上经常驶过绵延的商队,但是人们对那里的记忆是异常艰苦的。在今天的青海公路上,呼啸而过的车辆缩短了青海路的距离。

青海天峻县天棚乡西南,有一处唐代吐蕃时期的岩画。在山体塌落下的三块大石头上刻有五十多个动物画像,其中的一块石头上刻有这样的场景:一群骆驼在疾步前行,它们的方向一致,那就是东方。刻岩画的人对庞大的商队印象深刻,所以将这支生机勃勃的驼队记录在巨石上了。或许这才是反映青海之路最早的图像吧!

大美青海,纠缠着我扯不断的思绪。

剪不断,理还乱。

吐鲁番遐思

"吐鲁番的葡萄熟了……"童年时代，这句歌词就扎根于脑海，成为一种遥远的记忆。深入进去，徜徉在绿色的海洋里，落座于葡萄架下农家的小院，欣赏着绿色衣裙少女的婀娜舞姿，倾听着一首首花儿的优美旋律，品尝着一颗颗晶莹剔透的葡萄，宛若置身于天外宫阙。

一串串、一颗颗甜蜜的葡萄是如何在吐鲁番成熟的？

是阳光把每一缕光芒都倾注在这片土地上，涂抹在葡萄的枝藤上。在滴翠染绿的土沟，叶片下显影的细密青果，如初生婴儿绒毛样的暖光，腾腾热气中飞舞着太阳的光芒。正是在这样的阳光中，所有的光泽都包裹着与葡萄有关的细节，酿造出醇厚清香的甜蜜，这是独为吐鲁番葡萄的甜蜜，只有生活在吐鲁番的人们才能感受到它沉醉着的甜蜜。

是风把它的散淡撒在葡萄园周围的土坡高地上，土砌或砖垒的镂空如蜂窝状的晾房上。这些有孔花墙组成的房屋临风而垒，在屋中悬于铁钩林立的木椽挂架上，离了枝的葡萄串保持着垂挂的姿势，错落有致地插于木椽柱的红柳或枣枝上，葡萄依附着另一种枝干生长着。在徐徐而入的风中，它们晶莹的水分与风做着抚爱的游戏，细嫩的肌体让风享受。它们等待着，超脱出永远碧绿与甘甜的灵魂。

葡萄是吐鲁番的血脉，有了葡萄，才有了吐鲁番那颗甜蜜的心。

张骞两次出使西域，都曾提到过吐鲁番。作为南北疆的交界要冲，它是丝绸之路北道、中道的必经之路。从吐鲁番往西过达坂城、白水涧道，就到了乌鲁木齐,继续往西到伊犁地区,从霍尔果斯口岸出关。从吐鲁番往南,过干沟,翻天山,到库尔勒,再往西南方向到库车、阿克苏、喀什,从红旗拉普口岸出关。

张骞出使西域不但打通了少数民族及汉族与西域国家的商贸往来,也促进了文化交融。此后,由于张骞出使西域给新疆带来的变化,至今仍然可以从吐鲁番普通的生活中得到体现:西域的核桃、葡萄、石榴大量在中原栽培。

吐鲁番到处都是葡萄的天地。两面山坡上,梯田层层叠叠,葡萄园连成一片,到处郁郁葱葱,犹如绿色的海洋。一进沟口,铺绿叠翠,茂密的葡萄田漫山遍谷。溪流、渠水、泉滴给沟谷增添了无限诗情画意,桑、桃、杏、苹果、石榴、梨、无花果、核桃和各种西瓜、甜瓜及榆、杨、柳、槐等多种树木遍布沟中,使葡萄沟又成了百花园。走在路边,随手就可以摘得一颗葡萄。品味着,便陶醉在甜蜜里。

马路旁的竹床上坐着几位大娘。她们的脸上布满皱褶,让我想到葡萄干。她们是浓缩后的葡萄,骨架是那样瘦,微笑是那样干枯。但我知道,她们的心灵一如葡萄的甜蜜。这是我在瞬间捕捉到的细节。无论多么美好的景色,都离不开人的点缀。

葡萄沟是一方绿洲阴凉的世界。真不知大自然为何如此厚此薄彼,葡萄沟的农家的房前屋后就是一条潺潺不息的天山溪流,水势湍急,水温冰凉可人。我们参观的那家农家大院的后门就是一条这样的小河,一位可爱的维吾尔族女孩带着一条小狗和两只鸭,正在水里嬉闹。这眼前的一幕让人想起了江南水乡的一隅,在强烈阳光的衬托下,浓郁的田园风光中更增添了一种静谧神秘的异域风情。

葡萄沟的免费农家乐游其实是一种高明的营销活动。葡萄架下,男女游客像维吾尔族人那样围着一溜盘膝而坐。男游客戴着维吾尔族人的绿色帽子,以当年巴依老爷的架势正襟危坐。主人呈上新鲜水灵的瓜果——哈密瓜、西瓜、葡萄等,让人们免费品尝(正是在这里,我才真正品尝到了正宗的哈密瓜)。一位维吾尔族女子在关牧村的《吐鲁番的葡萄熟了》的优美歌声中为你翩翩起舞,那种情调将旅途的疲劳一扫而空。一曲舞毕,主人便以巧妙的方式把我们引入了对当地葡萄干的兴趣中,之后温情脉脉的表演礼遇就不知不觉演变成一种纯粹的生意交往了。尽管如此,我还是对这种表演式的礼遇表示赞叹,佩服男女主人公自然巧妙、不露痕迹的表演技能,这种植入式广告实在比赵本山小品中的植入式广告高明得多。

吐鲁番是东西方文化和宗教错综交织与相互融合的交会地,是我国丝路遗址最为丰富的地区。遗存的古城、石窟寺、烽燧、墓葬、岩画等有二百余处,其中国家级重点文物保护单位六处,占新疆近一半,居全国第九位。新疆历史博物馆收藏的西汉到唐,即丝绸之路昌盛的一千多年之间的文物,百分之八十以上出自吐鲁番。吐鲁番遗存下来的文献,就有二十四种文字,是整个丝路沿线发现文字最多的地方。德国学者克林凯特惊叹道:"多种文化、多种宗教、多民族充分交会和融合,在整个丝绸之路上,我们找不到哪一个地方,在文化面貌上像吐鲁番这样丰富多彩。"

作为入疆的要塞,吐鲁番拥有众多的历史古城遗迹:交河古城,高昌古城,高台古城。视野里的高昌古城规模宏大,始建于公元前 1 世纪,是古代西域留存至今最大的古城遗址,是世界宗教文化荟萃的宝地之一。高昌城在 13 世纪末的战乱中废弃,大部分建筑物荡然无存,目前保留较好的外城西南和东南角保存着两处寺院遗址。坐在遗址的废墟里,思绪回到了从前。

我在一座岛形台地上徘徊流连。这便是交河古城,距吐鲁番市十三公里,因河水分流绕城下,故称交河,最早是西域三十六国之一的车师前国的都城。这座城市是一个庞大的古代雕塑,其建筑工之独特,不仅国内仅此一家,国外也罕见其例。在历经数千年的风雨沧桑之后,这座城市建筑布局的主体结构依然奇迹般保存下来。这些都得益于吐鲁番得天独厚的干燥少雨气候。交河古城大体为唐代的建筑,建筑物主要集中在台地东南部约一千米的范围内。古城四角临崖,在东、西、南侧的悬崖峭壁上劈崖而建三座城门。令人难以置信的是,建筑形式除了没有城墙外,还有一个明显的特征,即整座城市的大部分建筑物不论大小,基本上是用"减地留墙"的方法,从高耸的台地表面向下挖出来的。寺院、官署、城门、民舍的墙体基本为生土墙,特别是街巷,狭长而幽深,像蜿蜒曲折的战壕。

按理,交河古城之行应是在感受两千余年历史古韵的古城风貌,但在如我一般的游客眼中,那些清一色的黄土残垣兼墙洞的存在,并无多少历史的风流余韵值得品鉴。在这片荒原中,绝无雕梁画栋之美,更乏诗情画意之趣。如果硬要寻找美感,那些东一堆、西一簇的黄土垛充其量也只是一种残败萧索荒凉之"美",而这种"美",愿意品尝的人,天下之大,恐怕也找不到几个。如此,游交河古城的唯一"乐趣",也只剩下炎热的体验了。在火辣辣的正午阳光的暴晒下,茫茫黄土断墙反射出火一般的灼热高温。游客在这种几乎令人窒息的热空气里,开始时,大家还充满新鲜好奇地行走观望拍照,但很快就感到单调、乏味,随即就感到酷热难当,辛苦难熬。可开弓没有回头箭,大多数人这时也只有硬

思想者的旅行

着头皮，随着人流按照旅游路线走到底。结果，一次本该是凭吊历史古城的文化之旅不知不觉就转化成了感受炎热的体能锻炼，也算是不虚此行了。

在交河古城的遗址上，我不时弯下腰，捡拾着一块土块、一片瓦块，甚至一根细细的麻绳。我知道，它们都是历史的碎片。抚摸着它们，便拥有了古人的情怀。

"火焰山快到了。"导游站起身来，抹着头上的汗珠。刹那间，我们的内心火烧火燎起来。尽管车里开着空调，依然感受到滚滚的热浪。

儿时的火焰山是孙悟空扛着一把大扇子，降伏妖魔，扑灭山火，保驾唐僧到西天取经。

那时，我知道火焰山只是一个神话。

可是当我真正面对着它时，我只有惊叹。

在吐鲁番火焰山景区入口处，对称排列着佛教艺术壁画，画面极具立体感，人物造型逼真，表情生动，底色和火焰山的自然色相似，让人耳目一新。汉白玉图腾柱呈半圆形排列，展现出吐鲁番先民们在盆地内进行的狩猎活动、演奏乐舞的情形以及对日、月、女娲等未知世界的崇拜。

走进西游文化长廊，看到了长廊两侧二十四幅《西游记》中家喻户晓的经典章回，壁画图文并茂，人物形象栩栩如生。《西游记》使火焰山名闻天下，成为火焰山文化的重要组成部分。进入地理文化厅，中央空调送出的凉气加上灯光营造出的蓝天白云和博格达山的皑皑白雪，让人顿感凉爽。

火焰山绝对是我见过的自然界最壮观的景致了。它自东向西，横亘在吐鲁番盆地中部。亿万年间，地壳横向运动时留下的无数条褶皱带和大自然的风蚀雨剥，形成了起伏的山势和纵横的沟壑。在烈日照耀下，赤褐砂岩闪着的光，炽热的气流滚滚上升，云烟缭绕，犹如烈焰腾腾燃烧。

"飞鸟千里不敢来"，这是古诗句里最为恰当的描述。

为什么火焰山会这么热？原来火焰山四周的高山阻挡了太平洋、印度洋暖湿气流的进入。火焰山就窝在这个四面不通风的锅底中，盆地内的戈壁、沙漠吸收太阳热量快，不能散发出去，因此吐鲁番就成了世界著名的火炉。吐鲁番的夏天十分炎热，中午地表温度可达八十摄氏度以上，有"沙里煮鸡蛋，墙上烙大饼"之说。

火焰山上的道道沟壑如同老人脸上的皱纹一样沧桑。山上的沟壑是怎么形成的？是风吹沙蚀的。吐鲁番素有风库之称，由于气压差异大，形成强烈的空气对流，四周高山有无数的沟谷隘口，强大的气流就会以风的形式从这些谷口扑向盆地,山体上的道道沟壑就形成了。

火焰山的高温酷热却正是大家期待已久的一次炎热体验。远望,八百里火焰山脉呈现出赤红色,与吐鲁番其他的青灰色山脉不同,确有一种火焰的威势。进入热场,高温果然与众不同,一种处于蒸笼中的烘烤威逼感,火辣辣的,热烘烘的。阳光灼人,高温炙心,茫茫的沙砾灰石在强光热中似乎也要熔化了。强光下的巨型温度计显示为七十五摄氏度。好在高温就近就是地下室的阴凉舒适,于是,火焰山的高温炙烤才可能成为一种名副其实的"享受炎热",否则就可能是一种典型的古代"请君入瓮"式的酷刑了。

历经炼狱,大汗淋漓,这是我最为贴切的感受。趁着同伴们兴致勃勃留影的当儿,我零距离地走近它。如此感受火焰山的人不会很多。我企图攀爬这座神奇的山。走近它,我才发现,这座山没有一棵小草,甚至没有一块像样的石头,只有条条浅浅的不规则的沟壑,似乎是被红色的颜料泼洒上去。双腿攀缘它很费劲,软绵绵的,好像踩在柔软的绸布上。

爬了不到五六米,我就放弃了。我不具备孙悟空的魔力,只有在神奇的大自然面前投降。

在中国境内,火焰山称得上是热中之王。

导游责备我:"你真胆大。我带过多少游客,从来没有人敢去爬山。那山的温度有七十多摄氏度,要是你出了事,我就没有饭碗了!"

我连忙笑着向她道歉。她白皙的脸上由于惊恐,一片赤红。

丝绸之路有两条路,吐鲁番是其中之一。至于为什么经过吐鲁番,是有一个塔克拉玛干大沙漠,所以要绕着经过,自然而然经过吐鲁番,加之由于坎儿井的建造可得到淡水,所以使得这个绿洲变成了贸易的中转站。

汉朝军民在鄯善、车师(吐鲁番)等地屯田,并协助当地居民一同开发使用地下相通的穿井术,习称坎儿井,更使干旱少雨、酷热难耐的吐鲁番地区成了瓜果飘香、甘泉清冽的解暑胜地。1845年,林则徐勘察吐鲁番水利时,曾在日记中惊叹这一奇特工程为"诚不可思议之事"。

是的,不可思议,坎儿井是智慧和勤劳的结晶。

正是它引出了地下丰富的水源,才使沙漠变成绿洲。

沙漠上的一口井、一条渠,宛若人的心肺和血脉,有了它,才延续了人类的生命。

这是人类的杰作。

由于生活,人类离不开水的滋润,于是古人发明了坎儿井。现在,它就成了景观。潺潺的流水不知疲倦地向游人复述着古老的故事。

坎儿井与万里长城、京杭大运河齐名,被誉为中国历史上的三大工程。它的主体深藏地下,由集水和输水暗渠、明渠、竖井和涝坝组成。吐鲁番盆地北部的博格达山和西部的克拉乌成山,每当夏季来临,就有大量的融雪和雨水流向盆地,当水流出山口后,很快渗入戈壁地下变为潜流,日久积聚,戈壁下面的含水层加厚,水储量大,为坎儿井提供了丰富的水源。而由于坎儿井是由地下暗渠输水,不受季节、风沙影响,水分蒸发量小,流量稳定,可以常年自流灌溉。

在人类的奇迹面前,语言往往是多余的。我离开导游,在昏暗的隧道里穿梭、倾听。它的呼吸那样肃穆、庄严。

驼铃天山

天山是天上的山,天池是天上的池。

天山和天池之所以有名气,除了其自然环境优美幽静外,还有古往今来文人墨客的深情描绘,有的将天山入诗入画,有的将天山抒情达意,这更加重了天山的人文景观。同时武侠小说家们描绘的什么七剑下天山、什么天山童姥等,更加大了天山的神秘色彩。这便是李白的诗句:"天山五月雪,无花只有寒。笛中闻折柳,春色未曾看。"

天山自古以来就是中西亚联系的重要通道,托木尔峰东南部、北木扎尔特河谷便是古丝绸之路的一个重要支线。西汉时,细君公主、解忧公主下嫁乌孙王即通过此道。唐代高僧玄奘西天取经去印度也经过这里。成吉思汗曾登上博格达峰,再次会见当时在此修行的长春真人丘处机。唐太宗还在博格达峰下设过瑶池都护府,管理天山地区。

丝绸之路在新疆有南、北、中三条道,其中的北道和中道都穿越了天山。

北道也称北新道,从伊吾(今哈密)沿天山南麓西行到七角井,北穿天山到木垒,或自伊吾翻越松树塘大地到蒲类海(今巴里坤草原),沿天山北麓西行到木垒、吉木萨尔、乌鲁木齐、伊犁,然后出境。这条路线西汉时期已经存在,隋唐以后其地位更加重要。

北新道的天山线据说山上有天山庙,是用石头砌成的方形建筑。古代商旅经过天山时,要到庙里烧香,祈求平安。

天山下是绿草如茵的大草原,北新道过了天山,是沿着北麓的草原西行的。这里水草丰美,自然资源便当,古代商人和旅行者大都使用马和骆驼,北新道因此而兴盛起来。

中道,汉代的时候称为北道。如果以现代的概念来说,是从哈密经吐鲁番盆地的交河古城,沿天山南麓和塔里木河向西,到达喀什,经塔什库尔干出境。其中,高昌、交河、轮台、龟兹、疏勒是丝绸之路中道上的历史名城。

远在两千多年前,金发碧眼的西方人携了猫眼石、龙涎香和象牙,赶着狂吼的狮子,穿过荒原戈壁,源源不断地来到中国。而汉朝的使团和商队则满载着丝绸、瓷器、铁器,携着文书,络绎不绝地翻越天山西行,踏遍西域三十六国……

那是七月,我乘火车过天山。

车窗外,天山也敞开了它宽阔的胸怀,让人们进入它神秘的境地。列车与天山不是结伴同行,而是潜入了山丛中,出入隧道,做大拐弯,一直盘旋而上。我们似乎登上了月球,满眼的世界寸草不生,是冷酷也是温柔。从山脚到峰巅,因角度的不同,早晨的光线显示着层层明暗。

稍行片刻,近山的山体罩上了细绒毯似的浅草,那么均匀平展,像是都市中的人工草坪。身边一条清流,绿得发蓝,列车便逆着这道河谷盘旋而上,似乎要去追溯这纯洁生命的源头。一簇簇葱郁的沙枣树,野生的,沿河道铺排开来。忽然有一片开阔地带,出现了高耸的大叶杨,比我们在任何地方见过的同类植物都要苍翠碧绿得多。可能是视觉落差的缘故,眼前的大叶杨油光闪亮的程度是十分动人的。这树是人栽的,旁边的小站点空留一片残垣断壁。

忽见一片草场,风吹草低,有几匹精瘦的马儿在自由自在地游走。这该是所谓的牧马天山了。如此美妙的图景,是任何画师都描绘不出来的。

十一点多,列车越过了天山顶端,开始进入南疆。过焉耆,已是沿河而下。这条河,眼看着流量渐渐增大,河谷愈来愈显宽阔。我一下子还没弄明白,它是通天河还是孔雀河,或者是开都河?河水湍急汹涌,清澈碧蓝,一直把我们引领到了一望无际的出山口。

鹅卵石和沙砾之间的河床铺天盖地,任由冲出了峡谷的河流信马由缰地奔腾而去,一会儿远在天边,一会儿近在咫尺,它在与我们玩耍嬉戏,已经很快地把天山抛在了身后。绿洲出现了,万顷沃野拥抱了我们。经和静县,绿野忽地退去了,又是满目的沼泽、盐碱、沙滩。钻出一处山脉的隧道,大片的沙漠被推平了,条条的滴灌措施如天罗地网,刚刚栽种上的小树苗绵延开去。

在列车上,忽然想起了古诗人。

"明月出天山,苍茫云海间。"这是诗仙李白在《关山月》中描绘的明月天山图。李白的心里升腾着积雪皑皑的山峰,惦记着戍边的将士,唱起了《塞下曲》。其中一首写道:

> 五月天山雪,无花只有寒。
> 笛中闻折柳,春色未曾看。
> 晓战随金鼓,宵眠抱玉鞍。
> 愿将腰下剑,直为斩楼兰。

岑参也说:

> 天山雪云常不开,千峰万岭雪崔嵬。
> 北风夜卷赤亭口,一夜天山雪更厚。

岑参还有一首《赵将军歌》:

> 九月天山风似刀,城南猎马缩寒毛。
> 将军纵博场场胜,赌得单于貂鼠袍。

此诗是说天山一带的气候异常寒冷,将士们以赌博消遣,正好赢得了御寒的皮袍。

寒冷成为李白和岑参心目中的天山。然而,在列车的包裹里,我怎么也不会体味到其中的诗意。雪景如在画里,山风在玻璃窗外,我只是欣赏天山雪景的过客,没有让双脚踩在坚硬的雪地上,是不会像唐朝边塞诗人那样有泣血之作的。

但凡描写天山的佳句,大多与雪有关,这也不足为怪,因为天山山脉海拔高,据说三千八百米以上的积雪是终年不化的,故天山又有雪海之称。考古界一致认为,天池是古代冰川与泥石流堵塞河道形成的堰塞湖,天池四周雪山映衬,周围亭台楼阁倒映水中,湖水晶莹剔透,宛若仙境,因此便有了天池就是瑶池的神话。据《穆天子传》记载,当年周穆王乘坐八骏马车西行天山,在此与西王母邂逅,西王母在天池接见了穆王,穆王赠送西王母中原特产锦绸,西王母赠送穆王天山雪莲等珍宝。穆王临别亲书"西王母山"留作纪念,西王母邀请穆王再来。当然,这只是神话传说罢了。不过天山的地理地貌甚是奇异,它不但风光旖旎,更重要的是它源源不断流出的雪水,滋养了在这片土地上世世代代生活的各族人民,难怪人们赋予它神山、圣山之传说。假如哪天我成了神仙,我也会在这里修建行宫,过夏纳凉啊!

在我看来,天池之奇美首先在于它与周遭环境的反差形成的巨大张力效应。从乌鲁木齐往天池,一百多公里的奔驰,沿途尽是典型的边塞荒漠之境,荒凉的戈壁,几乎寸草不生的光秃秃的山脉,实在有些枯槁苍凉、萧索颓然之态。只有到了天池景区,才柳暗花明,风景绚丽;才清丽明媚,秀色可餐;才听得流水淙淙,看到树影婆娑。真不知道造化之如此设计所为何来?那种曼妙曲折、蕴藉明秀、洞天福地的天仙境界实在让人叹为观止。

天池别有洞天,豁然开朗,天仙境界,美妙绝伦。湖光山色,天光云影,旖旎柔婉,温雅多情。深绿的云杉林,湖蓝的天池水,浩瀚的湖面,涵淡疏阔,涟漪平缓铺张,波光潋滟内聚,有一种"天地有大美而不言"的雍容气度。天山山脉的逶迤身影苍劲深黛,伟岸雄奇。更远处的雪山峰顶更是熠熠炫目,璀璨无比。此景只应天上有,人间哪得几回见?

神奇无比的天仙境界,让人们把天池与神话传说中的西王母瑶池宴联想在一起,而李商隐的《瑶池》诗竟成了天池的镇池之诗:"瑶池阿母绮窗开,黄竹歌声动地哀。八骏日行三万里,穆王何事不重来。"这实在是一种典型的玄想附会之举,既浪漫又现实,既高雅又世俗,其中意蕴颇堪玩味。

其实,李商隐的这首诗无论诗歌意境还是内容,压根与天池无关,而传说中的西王母的瑶池也本与新疆天池无关。翻阅了资料,得知西王母的瑶池或指青海湖,或指昆仑山上昆仑河源头的黑海。而李商隐这首诗的主旨也不过讽刺求仙之虚妄,即便像周穆王这般与西王母瑶池有约的传奇人物尚且身亡失约,可见寻仙长生之虚妄,求神拜佛之愚昧。

尽管如此,人们还是把天池与西王母、李商隐的诗扯上了关系,偏要说李诗中的瑶池就是天池,而小天池就是西王母的沐浴水池,穿凿附会,玄想生情,硬是把这一处天生丽质、清绝高雅、绝无尘世喧嚣的天上桃花源胜景与世俗的求仙长寿、离合生死连在一起,使得这纤尘不染的天仙境界竟然沾染了如许世俗色彩。不知道天池自家的身价地位远非世俗妄念之可望其项背,却屈尊纡贵地向世俗献媚，反要借世俗名声来为自己扬名，实在是舍本逐末，得不偿失，误区可谓深矣。

天池是新疆的标志。早在三千年前，周朝穆天子驾八骏西游，这里就有了旅游记录。古往今来，多少名流慕名而至，以诗词歌赋抒写对这里的灵感。

面对它，我竟然写不出一个字。千里迢迢而来，只是为心灵营造一片湖泊。

天池何以魅力无穷？一万个游客就有一万种天池的魅力。谁能跳出三界之外，用鸟瞰的目光穿透这方山水的魅影直抵魂魄？地质的形成史、生物的进化史、文化的发展史似乎都被它浓缩了。然而，坐在池畔，我仍然相信这方神山圣水有它魅力的一个交会点，一个一点到位的穴。

天池的山水魅力之魂，我是无法通过坐的形式感悟的。于是，我站起来，绕着它的周边迂回。在每一个山湾水汊，我都留下自己的影像。我知道，我把自己的灵魂交付它了。从此，我该不会寂寞。

我没有选择乘坐游船或者快艇。我喜欢距离。天池的水从地理天机中，向我伸出精神援助之手。

至美的山山水水，独特的地理区位，美丽的神话传说，深厚的文化积淀，丰富的民族风情，优良的生态环境，为天池发展旅游业提供了得天独厚的条件。

无意中，我在网上搜索到在当代国内辞赋界有重要影响的王宇斌的一首诗《天池赋》，开篇便是："君不闻天池清冽不胜寒，泛波天山云雾间，大漠烘托紫烟护，世人指作瑶池传。"末尾几句是："展一轮明镜，王母晨妆，柔云忘返。酿一池春酒，明月醉酣，星河倒悬。"

好个仙境！

国道 217 线独库公路左侧有一峡谷，便是天山神秘大峡谷。峡谷从谷口到尽头长约五公里，在约两公里处有一处石窟，据考证为盛唐时期所遗留，画面清晰，风格独特。峡谷内有盖世谷、神蛇谷、摩天洞三条支谷，还有悬心石、企鹅峰、情侣峰等景点，惟妙惟肖，胜景迭出。谷内山体陡峻，悬崖绝壁，奇峰异石，千态万状。峡谷随山势变化，忽而宽阔，忽而细狭，宽时视野开阔，窄处仅容一人侧身而过。山、石、洞、泉浑然天成，各领风骚。峡谷切割最深处达百米深，由红褐色的巨型山体群组成，当地人们称之为克孜利亚（意为红色的山崖）。

一路追寻而来，穿过茂密的林木，峡谷展示给我的是它的神秘。这是天山隐秘的内心世界，是大自然赐予人类的宁静。

峡谷为千百年洪流冲刷地面形成的势如奔走游龙的自然奇观。它隐藏在这儿,仿佛是为我精心设计的。在同伴的惊叹声中,我悄悄地走到一旁,让思绪蔓延。

导游介绍说,春、夏、秋、冬四季谷内景观各异,是生态旅游的热点景区。可是我只能领略到它夏天的景色。

什么时候,我还会再来?

遗憾隐藏着希望。

摘下一片树叶,暗红色的,不知道是什么树叶。小心翼翼地,我把它夹进随身带的《蒙田随笔集》里。保存一片树叶,就是珍藏了一座峡谷的秘密。

驼铃声声,这是丝绸之路上怎样的风景?

丁零……丁零……铜铃的响声沙哑而模糊地在风中回响,天山上一支驼队由远渐近,清脆的驼铃声在风中回响,昂首挺胸的骆驼从容不迫地走过来,宽大厚重的脚掌踏在柔软的草地上,留下了深深的足迹。

驼铃声流进我的耳朵,这单调而厚重的声音是不甘孤寂的援声,是生命的亢进,是沧桑的折射,是历史的回音。眼前昂然高步的骆驼一串串足迹,连接着跋涉的古今与未来,演奏着一个古老而不屈的民族。在大漠、高山曾跋涉出一条闪耀着光华的丝绸之路,声声驼铃,摇荡着跋涉的豪迈与艰辛,驼铃声声,敲打岁月的流逝,记载着丝绸之路变幻的风云,从容不迫的骆驼一串串足迹,诉说着一个一个传奇的故事……

伴随着阵阵驼铃,倔强的骆驼负重远行,它们一边嚼着风沙,一边吐着绿洲,演奏着跋涉的豪迈与艰辛。由近渐远的驼铃声荡漾着我的遐思,骆驼是有感情的动物,在一幅油画上看见过骆驼流泪。小骆驼死了,母驼泪流成河,令人心酸。

丁零丁零,驼铃声渐近渐远,时隐时现。天山的草原在风的抚摸下裸露出光洁的胴体,那一排排浅浅的脚印,那一阵阵温婉的驼铃,裹着我爱的眸子穿越丝绸古道,揭开神秘的面纱,把我所有的梦想载入凹凸的驼峰,用我柔情的唇亲吻你隆起的身躯。

驼铃声渐远,驼队的身影渐远,飞沙走尘的嚣声隐去,夕阳伸出手掌,用不移动的沙丘掩住自己的脸。天边唯剩一片燃烧的色彩,将天山渲染得旷古神秘,勾勒出妩媚凄美的风景。残阳将逝,将天山染成金色。

夕阳点点落下,黑暗滴滴降临。遥听袅袅渐去的驼声,那些倔强的生灵还在天山上孤独地行走着……

乌鲁木齐散记

　　去过五次新疆。当然，偌大的新疆，去一百次也不能看清它的全貌。只是每一次，我都无比虔诚，像一个佛教徒，将心灵匍匐于这块貌似荒凉的土地。

　　每次进疆，都少不了乌鲁木齐。

　　乌鲁木齐，这是怎样一座城市呢？我在那儿的时候，总是被雾围裹，高楼后面的太阳总是被乌云挡住，让我看不清楚，宛若一个谜。

　　这是一座什么样的城市呢？为什么我每次来到这里，都有那么多的怅惘，那么多的眷恋，那么多的故事？

　　在乌鲁木齐，常常想到哈密的燥热难耐，戈壁上吹来的干热风。乌市小雨淅沥，它以一场雨迎接我的到来。在黄土高原待惯了，下雨总是很令我欣喜，没有灰尘的地方总是让我向往。

　　脑海里盘桓着家乡黄土飞扬的影像，一愣神，这就是新疆吗？睁开眼细看，大街上的双语招牌，伊斯兰风格的建筑，迎面而来的维吾尔族面孔，随处可见的维吾尔族文字，公车上的双语报站声，我便确认了：这就是新疆，就是乌鲁木齐。

　　两千多年前，这里曾是游牧民族繁衍生息之地，这从乌鲁木齐一词的含义中可以看出。乌鲁木齐乃"优美的牧场"之意。汉、隋、唐就在此屯垦，设贸易市场和县，到了明代又修筑城堡。后在 1884 年，清朝将其定为省会，起名迪化。1954 年改回原称至今。

　　上中学时学过作家碧野写的《天山景物记》，文章里的牧场由此留下抹不去的印象。来新疆,最大的愿望是看牧场,然而看牧场要到南山,乌鲁木齐城区是没有的。

作为一个城市,和西域的其他城镇相比,乌鲁木齐算是年轻的了,却也留下不少名人的足迹。当年在轮台(今乌市)生活过三年的边塞诗人岑参,写过"戍楼西望烟尘黑,汉兵屯在轮台北"的诗句。《老残游记》的作者刘鹗也被流放于乌鲁木齐,并客死异乡。乾隆时的纪晓岚被流放在此。林则徐被发配伊犁,也在乌鲁木齐停留过。林则徐在新疆四年,除兴修水利、致力垦荒外,整理出新疆的资料,并绘制出地图,后来左宗棠抬棺征战西北,带的就是林则徐绘制的地图。一年后,新疆收复,这也是晚清历史上最扬眉吐气的一件大事。

总是不喜欢待在城里,一大早起来,便想去看红山吧,小的时候知道有一个烟的牌子叫红山,新疆产的。还好,红山就在城里,是闹市里的绿洲。我下榻的地方是一个朋友的公司。朋友姓张,我称他老张。

无论从哪个角度看,乌鲁木齐都是一座现代化的大城市。大街宽阔平坦,商业区里人来人往热闹非常,目光所及看不到一点黄沙,更很少能看到任何的异域风情。想象着在祖国的西北角穿行,却没有任何异地的感觉,这是城市的力量,而这力量的好坏,远非三言两语所能描绘。城市的繁荣使人们变得更加富足,却可能也失去了很多曾经的特色,当城市的面孔千篇一律时,哪里都像是在复制的地方,好处是没有了陌生感,同时却丢掉了让人可以惊喜的东西。

老张带我来到乌鲁木齐河东岸的红山。雾中看景总是模糊,不过这更增添了它的神秘,增加了另外一种魅力。在我的眼里,它像一条东西横卧的巨龙,山体巍峨,美丽壮观,高昂的龙头伸向河中,悬崖峭壁,气势雄伟。称其红山,是因为它的西端断崖呈现出褐红色。在古人的心目里,它是神山。

上红山是需要坐缆车的,不巧,缆车停开了。山上积满了雪,谁还上山啊?我正扫兴,老张说二道桥的大巴扎是世界上规模最大的大巴扎,既有浓郁的西域民族特色和地域文化,也是新疆旅游业产品的汇集地和展示中心,去那儿看看吧。

去过不少的内地城市,都是大同小异,可在乌鲁木齐,却有值得惊喜的地方。在前往国际大巴扎的路上,老张和我徒步沿着解放南路而行,不知不觉走进了维吾尔族的世界。目光所及,突然全部都是深色的装束,妇女戴着面纱,男人戴着小帽,听到的也不再是熟悉的语言,此起彼伏的吆喝声像市场上的咏叹调,我不明所以,想去凑热闹。老张说那里是老城区,是维吾尔族人的市场。果然,走了许久,很少见到汉族人。在一个稍微开阔点的地方,一个维吾尔族老人正通过录音机上的麦克风慷慨激昂地说着什么,周围很多人在围着听,或笑或静。"他们在说什么?"我问老张,老张说他也听不懂。越往南行,穆斯林就越来越多了,实际上这里就是乌鲁木齐最出名的维吾尔族聚居区。从街旁商铺的门牌及所卖的货,可以感觉到维吾尔族的气息渐浓。街边卖羊肉串卖石榴的小贩吆喝的声音,伴随着那烤肉发出的孜然膻味,都刺激着你的听觉和嗅觉。

靠近二道桥了,路旁的个体服装店也多起来了,维吾尔族人喜欢那些花哨点的服装。二道桥因桥而得名,只是桥与桥下的河滩都不复存在了,而名字还在那儿。大巴扎的意思是市场。二道桥的大巴扎已经非常商业加现代化了,除了货架上的货物,我看不出有民族风情在内。卖的有地毯、干果、硅化木、皮帽、小刀、热瓦甫等,内里还有邮政专寄店,但由于是旅游淡季,冷冷清清的。在一档卖地毯的店铺前,老板热情地招呼着我们,手上不停地打开并展示他的地毯,越打开越多,我们越不好意思,怕不买了老板生气,结果地毯未看清就赶紧离开。事实上与南疆的其他巴扎相比,二道桥的气息差多了。相反,其对面号称世界第一大的国际大巴扎反而旺多了,以卖丝绸、服装产品为主,而我们看中的是那香喷喷的烤全羊,三十元一公斤,极为美味,可以说整个南疆旅程中这是最受我欢迎的食物之一,之二是羊肉抓饭。

大巴扎非常现代化,人气也旺。中心广场有一观光塔,如果视线好,登高可远眺天山。

在二道桥巴扎一带,总有一些新疆人发觉我非本地人,神秘兮兮地走过来,从衣服里翻出一块,或用盒子装着,或用布装包裹得像肥皂大小却又洁白无瑕的玉器展示给我,都被老张拦住了。大巴扎的摊贩和商铺的生意人脸上都挂着笑容,如果不是老张拦着,我还真想和他们聊聊生意,聊聊生活。

晚上,在大巴扎看了一场大型歌舞表演,一百六十八元的自助餐,边吃边看。位子紧张得很,场子里坐了不知多少人,老张说有五六百人,我看远远不止,起码有上千人。演出开始,场子里就没安歇过,口哨声、呐喊声乱成一团。我是喜欢清静之人,但到了这样的场合,也按捺不住吼了几声。活了多半辈子,我从来也没有如此放纵过自己,觉得很兴奋。这才觉得真是枉活了这么多年,一直是压抑、安静的生活状态,自以为很有品质,很有德行。在乌鲁木齐的大巴扎,在这样的氛围中,如果你仍一本正经,纹丝不动地坐着,绞尽脑汁思考,那在别人的眼里你一定是个神经病。

维吾尔族的歌舞很不错,然而唯一给我留下深刻印象的是高空的走钢丝表演。一百多米高、几十米长的钢丝上,一个人拿着根竹竿从这头走向那头,时而还表演着动作,真是惊险极了。这样危险的场面,我还是第一次见到,不由得屏住呼吸,生怕那个人会从高空坠落下来。我紧紧抓住老张的手,他笑着说:"别紧张,没事。"我说这怕是要有特异功能了。

老张第二天有事,我就一个人在街上晃荡,想感受这个城市的诸多细节。

在一个维吾尔族人聚集的巷子里,我喝了一碗酸奶。卖酸奶的是一位大妈,酸奶盛在小碗里,像刚做出来的豆腐脑一样,有酸酸的香醇味。酸奶不但稠,还要撒上白糖。喝法不是我原来那样用吸管,而是用大大的勺子一口口刎着吃。这是我迄今为止喝得最过瘾的酸奶,什么伊利、蒙牛、三元、光明都没有这里维吾尔族大妈的酸奶好喝。好几年过去了,那种味道至今还保留在我的味觉深处。

忽然雾散了。其实乌鲁木齐市的天空大多是瓦蓝的,很漂亮,只是我几次去得都不是时候。万里无云,碧空如洗。有时也见白云,对于这里的白云,一位走红网络的先锋诗人曾描写过,都是些反复的句子。其中有这样几句:

天上的/白云/真白啊/真的/很白很白/非常白/非常非常十分白/
极其白/贼白/简直白死了/啊——

再朝南行,走进了木卡姆宴会厅。木卡姆是维吾尔族的经典传世音乐,用音乐语言表达整个维吾尔族人民生活的各方面。从外观上看,宴会厅甚具民族风情。

解放南路上的清真寺虽多,但大都深藏于横街窄巷中,或不对非穆斯林开放,故难以一睹庐山真面目。

走进一座清真寺,是青海大寺。这是我第一次近距离地接触清真寺,故怀着一种半朝圣的心态往楼上走,因为这对于我来说是一个完全陌生的世界。楼上是穆斯林做礼拜的地方,大厅里很安静,铺着地毯,门口的柱子旁有鞋套。我穿上鞋套,小心翼翼地,尽量不惊动前面虔诚念经的人。真漂亮,这里感觉真的很舒服。我照了几张相之后就离开了。

忽然起雾了,整个城市被笼罩在雾海之中。借用先锋派诗人们的句子:啊,啊啊,啊啊啊,远处的楼,近处的楼,消失了,完全消失了,彻底消失了,永远消失了……

这就是迷雾中的乌鲁木齐。

焉耆探秘

焉耆,一个神秘古怪的名字。起初,我还以为是中亚的某个国家。有意思的是,它的汉语音译竟然有十种写法:焉支、燕支、烟支、胭脂、烟支、燕脂、烟肢、燃支、焉耆、焉提。在古文献里,除焉耆外,还有乌彝、阿焉尼两种称呼。

焉耆马享有盛名,有海马龙驹的传说。风景秀丽的博斯腾湖就在焉耆盆地。博斯腾湖古称西海。传说西海龙王有三个太子。有一年火神发威,大地久旱不雨,四周草原百花凋零,牧草枯萎,人畜面临一场空前浩劫。西海龙王的三太子见到草原遭此大难,于心不忍,于是瞒着老龙王引西海之水,腾空而起,呼风唤雨,给草原普降甘霖。草原上的人畜都得救了,但三太子却因此冒犯天规,被贬为马,从此一代代繁衍了这些海马龙驹——焉耆马。

据地理学家研究,在距今两亿年前的地质年代里,当时的焉耆盆地和博斯腾湖还没有形成,开都河滔滔的巨流在冲出山口之后,于今焉耆的西侧奔流直下,然后以雷霆万钧之势,切开今天的库尔勒与塔什之间的低山丘陵,冲出一条险峻的峡谷。

《汉书》卷九十六(上)、《西域传》第六十六(上),第一次讲到整个西域。《汉书》卷九十六(下)、《西域传》第六十六(下)继之。这里讲到了后来称之为丝绸之路的道路:白玉门,阳关出西域有两道。从鄯善至南山北,波河西行至莎车,为南道;南道西逾葱岭则出大月氏、安息。自车师前王廷随北山,波河西行至疏勒,为北道。北道西逾葱岭则出大宛、康居、奄蔡焉。这是对汉代丝路最简洁、最明确的描述。

《周书》卷五十,列传第四十二,"异域下",也有关于焉耆的记载:

> 焉耆国在白山之南七十里,东去长安五千八百里。其王姓龙,即前凉张轨所讨龙熙之胤。所治城方二里。部内凡有九城。国小民贫,无纲纪法令。兵有弓刀甲矟。婚姻略同华夏。死亡者皆焚而后葬,其服制满七日则除之。丈夫并剪发以为首饰。文字与婆罗门同。俗事天神,并崇信佛法,尤重二月八日、四月八日。是日也,其国咸依释教,斋戒行道焉。气候寒,土田良沃。谷有稻粟、菽麦,畜有驼马、牛羊。养蚕不以为丝,唯充绵纩。俗尚蒲桃酒,兼爱音乐。南去海十余里,有鱼盐蒲苇之饶。

铁门关是开都有河的杰作。由于后来地壳的变化,天山地域出现了断陷盆地,便形成了焉耆盆地及巨大的内陆淡水湖博斯腾湖。湖水溢流,向西淌去,这便是美丽的孔雀河。

铁门关附近有公主峰,山上有两座坟墓,埋葬着殉情的古焉耆国的公主左赫拉和宰相的儿子塔依尔一对恋人。

当年玄奘去印度取经,从今天属吐鲁番地区的高昌国向西出发,第一个到达的就是焉耆国。玄奘自高昌出发,西行至此,当时这里叫阿耆国,说这里流行小乘佛教,于是在此停憩过一宿。从此西南行二百余里,越过一座小山,渡过两条大河,经行平川七百余里,到达龟兹。因凌山雪路未开,玄奘在龟兹国停留六十多日,其间与高僧木叉鞠多就《杂心》《俱舍》《毗婆沙》等义理探讨论争,终于以诸论文义不足,有待大乘《瑜伽师地论》,说服了高僧鞠多。

丝路由东向西有两条道都经过了焉耆:一条是由玉门关西行,过莫贺延碛,先至高昌,然后到焉耆。一条是西出阳关,经白龙堆沙漠,由罗布泊北至焉耆(后者又被称为大碛道),由焉耆西行到达龟兹。这里的纺织、冶炼、手工业都很发达。唐代时由龟兹向西,中间又有两个岔道:一条是由龟兹西行,经姑墨(今阿克苏)、温宿(今乌什)出拔达岭(今阿叠里山口)到达乌孙首府赤谷城。另一条是由龟兹西南行抵疏勒(今喀什噶尔),越葱岭上的捐毒(今乌恰县一带)、休循(今帕米尔阿赖谷地一带)到达大宛。

焉耆是有悠久历史的。汉唐时期,古焉耆国为西域三十六国最强盛的国家之一,同时也以其独特的地理位置、发达的经济文化成为古丝绸之路上最为璀璨的一颗明珠。境内的汉唐文化遗址有七个千佛洞、日喀则古庙、四十里城博格达沁古城、土孜诺克等数十余处。

作为古丝绸之路中道之重镇,焉耆是南北疆交通要道上的物资集散地和区域性商贸中心。公元前一千多年前,开都河流域已有人类活动。秦时(公元前246—前209)焉耆名为敦薨,在《佛国记》《水经注》中写作乌夷。秦汉时期(公元前246—前206),焉耆盆地绿洲出现了许多城郭诸国,焉耆即为当时的三十六国之一,扼中西交通的咽喉。公元前121年,西汉在焉耆屯田。公元前60年,在乌垒设西域都护府,正式行使国家行政权力,焉耆归属西域都护府。北魏(448)在焉耆设镇,唐代(648)在焉耆设都督府。唐代高僧法显、玄奘去西天——天竺取经取道焉耆时,焉耆已是西域佛教圣地之一。

还有一处博格达沁故城。博格达沁,维吾尔语意为宏伟高大的城,遗址在焉眷西南,城墙已毁,墙基犹存,这便是汉焉耆都城、唐焉耆都督府治所及焉耆城镇所在地。

在焉耆,我看到了众多文人骚客及探险家的名字。

时任安西大都护府要员的岑参,曾从焉耆城骑马西行,在马背上吟咏了一首诗,题为《早发焉耆怀终南别业》:

> 晓笛别乡泪,秋冰鸣马蹄。一身虏云外,万里胡天西。
>
> 终日见征战,连年闻鼓鼙。故山在何处,昨日梦清溪。

马蹄下的薄冰在响,耳边是悲凉的笛声和军中的鼓鼙。岑参流泪说,我的家乡在哪里?昨天晚上,我还梦见终南山下清澈的小溪呢!

诗人陆游的《焉耆行》对焉耆有过生动的描述:

> 焉耆山头暮烟紫,牛羊声断行人止。
>
> 平沙风急卷寒蓬,天似穹庐月如水。
>
> 大胡太息小胡悲,投鞍欲眠且复起。
>
> 汉家诏用李轻车,万丈战云来压垒。

关于李白出生地的研究,其中有焉耆的影子。有专家提出了"焉耆碎叶说"。李从军的《李白出生地考异》(《李白考异录》,齐鲁书社,1986年版)谓李白出生于"焉耆碎叶",即今新疆博思腾湖畔的焉耆自治县和库车一带。王耀华《关于李白出生地史料的辨析》(《中国李白研究》1991年集)也认为李白的故乡应是安西的焉耆碎叶。

日本探险家渡边哲信一百多年前路过这里,记述了焉耆的佛教遗迹。他写道:"我们由此通过了中国有名的铁门关,到达焉耆。这是一个小镇,住了好多卫拉特蒙古人。焉耆靠近湖水,蚊子特别多,所以睡觉时必须在室内燃起马粪驱蚊,马畜则不一会儿就浑身是血点了。从焉耆往前走,路上到处是水,几乎是在水中行走一样。幸好中国官员借给我们好多马,重要行李尚未被水打湿。"

渡边还写道:"从焉耆到托克逊的途中,因为断了马料,我们只好吃了五天的汤面条。那里是一个常刮大风的地方,一旦大风刮起,可以把四匹马拉的车吹飞起来。"

在焉耆四十里堡乡,有一座汉唐遗址,据说是汉代焉耆国都员渠城。城墙大部分完好,周长约三公里,有东、北门楼和敌楼遗迹。城内院落和城外护城河,仍可寻到一些痕迹。

从焉耆向西北大约行走,来到了一处保存着很多古代遗址的地方,叫七格星明屋,这是维吾尔族语言,意思是"千间房子",它是由南、北两个寺院遗址和一个小型的石窟群所组成的。南、北大寺的规模是相当可观的,如果要用"千间房子"来形容当年这里的佛寺景象,是再恰当不过了。它们都是由大殿、僧房、佛塔等建筑遗迹构成的,这些建筑物的墙址是采用土坯间杂苇草的砌筑方法,很可能是唐朝到元朝期间的建筑遗址。但从南大寺的大殿后面所采集到的残佛、菩萨造像以及一些残砖的情况看,这处寺院的开创时间应在久远的南北朝时期了。

在北大寺西北山的南面,大约开凿了十所石窟,表明了东来西往的佛教僧侣在焉耆这个沙漠北道中的重镇,留下了深深的文化烙印。一个个佛教人物塑像的身上,不仅凝聚着佛陀的伟大思想,也给信众们带来了希望。可惜我对佛教和石窟艺术都是门外汉,看得眼花缭乱、脖颈酸痛也瞧不出究竟,只能走马观花,留下遗憾。

在焉耆的几日,不知为何,我始终迷迷糊糊,许多看过的东西都没有了印象,笔记也没有记多少。如此,我的声声叹息,就只能遗留在一个叫焉耆的地方。

一个人要把天下的事情都弄清楚,那绝无可能。

库车,远去的龟兹国

库车,古称龟兹,为丝绸古道的重镇。

库,波斯语释为此地,车是坎儿井的意思。

龟兹和著名的高昌古城是古印度、希腊、罗马、波斯、汉唐四大文明在世界上仅有的交会之处,因此龟兹古国也在西域历史上留下了浓墨重彩的篇章。

千里风尘,我来到库车,寻觅遥远的历史。在这个西域历史、文化、自然的博物馆,我感受到了它的生命悠长。

龟兹又称丘慈、邱兹、丘兹,古代居民属印欧种。古龟兹国以库车绿洲为中心,最盛时北枕天山,南临大漠,西与疏勒接,东与焉耆为邻,相当于今新疆阿克苏地区和巴音郭楞蒙古自治州部分地区,是我国古代西域大国之一,拥有比莫高窟历史更加久远的石窟艺术,被现代石窟艺术家称为第二个敦煌莫高窟。居民擅长音乐,龟兹乐舞发源于此,据说唐玄宗、杨贵妃就很擅长龟兹乐舞。

我的耳畔时而鼓角争鸣,人喊马嘶,时而汽笛声声,羊儿咩咩。有时,我是从历史深处走来的旅人,一边是大漠与戈壁,一边是高山与草原。胡杨、红柳、牛羊、骏马、叮当的驼铃、回荡的牧歌一起把我拥在怀中,瀚海风沙的粗犷激荡着我冒险的灵魂。有时,我乘着轿车,喝着饮料,像在家乡的城镇中一样,游逛熙熙攘攘的街市。在古丝绸之路上,库车从没有疲惫,更没有消亡,它用豪爽和细腻为来往的人们消解长途的困乏,用舞蹈和歌乐让宾客沉酣于异域的热情与神奇。

在库车县城吃过早餐,库车县委宣传部的一位同志带我去了老城,沿途进了一座清真寺。这是新疆第二大清真寺,可同时容纳三千多穆斯林做礼拜。在大寺内还保留有一处宗教法庭遗址。清真寺刚做完礼拜,老人们正相互告别走出大寺。一位老者正在锁门。寺周围是古老的参天大树,古树标志着寺院的年代。清真寺门的右边是一个廊,廊的墙壁上挂着光绪七年李蕃题的匾额,上书"天方列圣",这也是我在新疆看到的第一块汉匾。廊下的地上铺了破旧的毯子,一位晚来的老人正跪在匾额下面的毯子专注地做礼拜。左手大树下面是一些伊斯兰风格的麻扎,这些麻扎的存在,给这个清真寺增加了几分肃穆。

我常常被这样的专注和安静感动,也许浮躁的心灵、动荡的环境都需要寻找一个安定灵魂的地方吧。在库车,亦有佛教的圣地。

建于魏晋时期的昭怙厘佛寺,从现在还残存的大部分墙体、保存完好的方形土塔、十七个禅窟,还有禅窟内残存的部分壁画和石刻古龟兹文字,可以想见佛教当年流经此地传入中原的盛况。

于5至11世纪开凿在新疆库车县城西北三十公里的渭干河谷东岸的库木吐拉千佛洞,如今依然坚守在峭立的崖壁上。一百一十二个洞窟里,形态各异的佛像虔诚守护。佛像旁是一行行或隽秀或庄雅或飘逸的文字,汉文、龟兹文、回纥文,以题记的形式,引领人们走进佛的世界,走进岁月的纵深,向人们讲述着佛缘下民族的融合、文化的汇流。历史上有多少虔诚的信徒,默默无闻地用一双双深情的手,拿起锤凿,拿起画笔,在赤色的洞壁上日复一日地描绘。于是,西方净土出现了,东方药师出现了,法华出现了,弥勒出现了。六个世纪,多少代人以共同的信念,用双手去创造、去修复,用心灵去贴近佛祖。正是在那深深浅浅的线条里,深藏着虔诚、生动和飞扬的神采,饱含着仰望的爱意,让众佛历经天灾人祸,历经千载岁月,超越时光之外,演绎本生、因缘、轮回的经变。从洞壁上,从久远的岁月深处,众佛向现代走来。我仰视石壁上的佛像,凝视那穿越时空的慈悲眼神,让欲念的火焰渐渐息止,从喧嚷到达清境。

库车是鸠摩罗什大师的诞生地。也许我的新疆之行是为了寻访一个灵魂的源头。一千多年前,鸠摩罗什在我的家乡草堂寺译经修行,并于此圆寂。一个伟大的灵魂,他的诞生之地一定具备着非凡的魔力。

龟兹古国,闻名遐迩。丝绸之路的风尘,骏马奔驰的蹄声,至今仍荡漾在古城遗址的上空。七月的阳光太炙热。我吸吸鼻子,嗅到了鸠摩罗什童年的呼吸。

在老街遇到一个小女孩,六七岁的样子,戴着一顶大帽子,帽子下一双忽闪忽闪的大眼睛,纯净得如一潭泉水。女孩的母亲在街口广场的牌坊下面卖水果,我们一路追过来给这个女孩照相。女孩从老街过来找她的母亲,从女孩母亲那里得知这个女孩是个聋哑儿后,我们连忙掏出一些钱塞到女孩手里,大家都有些不好意思。这是老城最热闹的时间,女人们纷纷走出家门,来到市场为晚饭前做最后一次采购,孩子们像刚出笼的雀儿一样叽叽喳喳地跟在身后。老城的消费水平远不如新城,从地上摆的水果和店里卖的商品就能看出来,更不用说街头人们的穿着了,但是有一点是一样的,人人的脸上都洋溢着温馨的笑容。那是不是鸠摩罗什童年的记忆呢?

库车河静静流淌,冲洗着库车的山川,铺出宽阔的库车河床,孕育着库车的绿洲文明,那是古龟兹国的温床。

库车的朋友讲,县境内星罗棋布的石窟、古城堡、烽火台有五百多个,还有两万平方米壁画。龟兹古遗址中,国家级重点文物就有六处。

位于库车城西一公里处的龟兹古城遗址,为汉代延城,唐代伊逻卢城旧址。史书对其多有记载,"城三重,王宫壮丽,焕若神居""外城与长安城等,宝屋饰以琅玕千金玉"。唐时,龟兹古城周长达七八公里。现在我的目光所及,仅存三段城墙的残垣。东墙有一小段,长十余米,高约六米。城内及四周尚存的古遗址有十多处。哈拉墩文化遗址位于故城中心,往西四百米处为皮朗墩,再往西是萨克萨克墩。故城中曾出土陶片、铁块、黄铜残片、玉石耳坠和剪边五铢钱、龟兹小铜钱等。

置身于古遗址,往往会让人迷失自我。是的,越来越文明的人类,常常会在古远的传说中感到自我的渺小。

龟兹古城在我的想象里,弥漫着悠扬的佛音以及神话的气息。现代文明无法蔑视它,也无法解读它。

所以,面对着一处古遗址,常常,我会低下高贵的头颅。

我的目光还凝聚在以下的画面上:

克孜尔尕哈烽火台就在我的脚下。残阳如血,戈壁苍茫,血红的峰谷若冷寂的战场,朔风猎猎,送来穿越千年时空的声音,鼓角声、喊杀声、战马嘶鸣声、兵器撞击声,从远处轰隆隆潮水般涌来。但仔细观望,什么也没有,天空没有鸟飞过,烟尘远逝于历史的墙隅。斑驳的筑台露出粗糙的皱褶,那点点缝隙可曾是被疾飞的箭羽射中?我的眼前,殷红的日色下是无边的静寂。在历史风云的变幻中,朝代更替,烽火台却毅然矗立,带着烽火的余温,带着满身的创痕,沿着血脉向我的周身蔓延,夕阳向晚,谁能改变日月运行?

1759年,清朝乾隆皇帝为表彰当地维吾尔族首领鄂对,专门派遣工匠为他建造一座富丽堂皇的王府。这座王府融合了我国中原地区和伊斯兰风格的宫殿、凉亭、城楼等建筑特色,显赫一时,如今库车王府也仅存部分房屋和城墙。

落日山河，大漠孤烟。苍凉的意境中，风雨剥蚀的烽燧站成王朝盛衰的佐证。一个又一个王朝的背影走远，而库车依然伫立，用风的冷、日的冷、黄沙的冷、万里河山的冷，夯筑起岁月风云中的蓦然回眸。

"青山依旧在，几度夕阳红。"走出历史的局限，带着对自然的膜拜，我走进神秘的天山大峡谷。

天山大峡谷在天山山脉南麓、库车县城以北六十四公里的山区，由红褐色的巨型山体群组成，当地人们称之为克孜利亚（语意红色的山崖）。峡谷南北走向，经亿万年的风雨剥蚀、山洪冲刷而成，是我国罕见的自然风景奇观，形成纵横交错、层叠有序的垄脊与沟槽，远看如诗如画，状若布达拉宫，近瞧似人似物，如梦似幻，神韵万端，尤以谷口处的三座山体（乃头山、丽人山、佛面山）最为壮观。夕阳斜射，朝霞映山，极目远眺，色艳红天。库车河就在红色山峦里奔腾撒欢，众多的红色山岩组成峡谷，成为天山奇景，据说是被现代某采药人偶然发现。大峡谷里有一线天，有自然泉水泉眼。

一声声鸟鸣，以它的清甜叩开我的心扉。大峡谷那白垩纪的岩层，用暖色调的红为我呈现造化的玄幻。赤红的怪岩，青嫩的草木，澄碧的溪泉，倏忽的云雾，结构出色彩突兀的分行文字，用清冷诡谲的诗境揪紧我的神经，让我惊异于怪诞与神奇，品咂自然与人生的况味。

从守谷的神犬旁走过，流连于神秘的泉石溪洞：玉女、悬心、月牙、显灵、卧驼峰、情未了……迎来送往的红岩碧流以奇状异态涤荡人的灵魂。行走谷中，忽而晴空烈日，忽而云雾弥漫，开阔处云淡长空，狭窄处天悬一线，而最为神奇的是高三十五米的崖壁上一处壁画丹青的千佛洞，让我回味着千百年前空谷中杳渺的足音。

风从谷口进入，风从岩穴走出，风从亿万年的时光深处行来。暮色苍茫，谷底隐约的脚步声，窗外清晰的叩门声，是取经的僧人，是投宿的客商，还是巡夜的军卒？推门四望，空无一人，唯有星光低垂，走过身前的除了风还是风。

黎明时分，伴着水声环顾峡谷，面对默默伫立了亿万年的危崖怪岩，人生的喜乐悲愁、磕磕碰碰便显得淡了。居高远望，方知生命的过程也是如此：有开阔，有逼仄，有峰巅，有谷底，大开大合，起起落落，于山重水复之处偶得柳暗花明。而生命的至理就在水边，行至水穷处，便以淡泊的心胸坐看云起。

沿着迂回的山径而上，洗亮双眼的是澄碧的开阔，这便是大龙池。

天山深处，群峰之巅。大龙池积万年的融冰，蓄得一泓澄澈，为走近她的人们洗去一路的风尘和倦乏，洗去内心的浊秽与负累，让人们只留身心的空明净远与她对话，与她共同参悟天地的大美与禅机。

春夏秋冬，四季交替，大龙池在时光的深处打坐静修，以如镜的澄明映照自我，映照飞鸿归雁，映照群峰万木，映亮悠久而神奇的传说。

站在水边，听鸟鸣啾啾，水声泠泠，看群山环抱，雪松苍郁，在天光云影的陪伴下，身心清爽疏放。恍惚间，人已与眼前的清碧剔透合而为一，以一滴水的莹润感受天的旷远、地的博大。

在大龙池，我愿做一个醉汉，左一脚千载，右一脚万年，一步三晃，沉醉在山水的清净中，和草木鸟雀、故事传说一起接受岁月的历练。

赤沙山拒绝仰望。

一步一步，我用双脚丈量它的长度和深度以及它的怪异与神奇。在绵延起伏的赤色峰峦中，一个人如同行走在朝圣的路上，必须放慢脚步，必须时刻保持内心的虔诚与敬畏。

垄脊、沟槽、褶皱、断裂。波涌的岩层，或张扬，或内敛，或突兀，或深蕴，或逼仄，或宏阔，用怪诞诡谲拔高心灵的震撼。

风雨雕镂，洪水冲刷。亿万年自然伟力的鬼斧神工，让克孜利亚的沙砾岩形态纷呈，忽而苍鹰袭掠，忽而佳人伫立，忽而诸佛听经，忽而危楼摩天……而行旅的尽头，庄严而雄伟的"布达拉宫"高高耸立，以冥冥中的梵音平息心潮的浪涛，让人在禅境中回味。

正午的阳光点燃起伏错落的山峰。赤沙山的岩石以赭色中夹杂的绛紫、黄绿、灰蓝、淡青、月白、黛黑缭乱双眼。遥望来路，有火舌蹿动，有烈焰熊熊，有浓烟滚滚，有焦炭散落，更有灵魂深处的虔敬在烟火中袅袅升腾。

峡谷、龙池、沙山，是库车的母亲吗？孕育它，守护它，安慰它。上千年的历史长河湮灭了古龟兹国无数的人和事，却永远不会湮灭母亲的爱。

库车，我要用维吾尔族语言给你作注，写下悠久。你的悠久是一个在浩瀚的人文大地上偏远而又显赫的名字：龟兹。这两个字，用小小的版图圈点出大汉帝国的西域都护府，构架出盛唐王朝的安西都护府，描绘着贯通中西的古丝绸之路，更镌刻着佛的禅韵和文明的旋律。

113

喀什，丝路上的明珠

小时看过一部黑白电影《冰山上的来客》，那时只知道喀什是一个非常遥远的地方。然而，当我踏上它的土地，恍然明白，那美丽的童年记忆竟一直在等我，等我去遇见它，在不经意间。

夕阳西下，在喀什的大街上行走，仿佛徜徉在古时的西域。满脸沧桑的维吾尔族老人，天真无邪的维吾尔族小孩，满街的烤羊肉串的味道，传统的手工艺人，都有一种历史的质感，一幅幅像某个洋人笔下的油画。

喀什，突厥语意为绿色的琉璃瓦屋或玉石。

喀什，梦幻般的名字。它是一张仰望万里晴空的灿烂笑脸，是叶尔羌与喀什噶尔河明眸里溢出的幸福眼泪。

处于丝绸之路咽喉地位的古城有两座，一是敦煌，二是喀什。比起敦煌，喀什显得默默无闻，但这丝毫不能掩其光芒。喀什有过辉煌骄人的历史。

喀什是中国版图内最西陲的城市，是真正意义上的边城。巍峨的天山横卧其北，挡住严寒和风沙；磅礴的昆仑逶迤北上，送来高山上的雪水；西倚葱岭，东望辽阔的塔克拉玛干。喀什三面环山，一面敞开，是瀚海中的一处绿洲，是群山环抱着的平旷。西去的商队饱尝戈壁沙漠之苦到达此地后，前面将有海拔四五千米的葱岭等着他们去攀越；东往的各地贾客刚从嵯峨险峻的葱岭之间活着下来，在这里稍定惊魂之后鼓勇再行。艰难跋涉辗转于丝绸之路的商旅、使节，都不得不承认"田地肥广，草木挠衍，不比敦煌、都善问也"的疏勒城是他们集结休整的最理想之地。既然能在这里集结休整，各国商队何不就在这里将携带的货物倒手集散,各取所需后便掉头回返呢? 于是,暂时的休息带来了商机,喀什成了商品的集散、中转站,得天独厚地出现市列。

遥想当年,形貌各异、语言有别的各国商人汇集于此,互通有无,贸易蓬勃发展,古疏勒渐渐发达兴盛,接纳四方来客,促进了丝绸之路的经济贸易。唐玄奘到西天取经,路过此地后著有《大唐西域记》,对喀什当年的描述可谓浓墨重彩,细微见著,"五口岸通八国,一条古道连亚欧"。在《马可·波罗游记》中,它还被描写成货如云屯、人如蜂聚的东方开罗。当时,喀什作为古丝绸之路的交通要地,是中外商贾云集的国际商埠和东西方文化交流的荟萃之地。

横贯亚欧大陆的丝绸之路有南、北、中三路,而三路最终都交会到这个边陲重镇,在著名的安西四镇中,喀什的地位举足轻重。

喀什,历来被人誉为中国最具异域风情的城市。

走进喀什,所见之人都是高鼻深目,眼珠闪烁着黄褐色。街头上熙熙攘攘的人群中,还能看到身穿节日盛装、头戴花帽的穆斯林。街上的招牌有汉语,还有维吾尔族文字。我的旅行从来不喜欢城市,因为那总是千篇一律的面孔,但喀什不同,这令我非常兴奋。走在街道上,两侧是吸收了伊斯兰教文化的建筑设计形式和图案装饰的维吾尔族民居。那极具异国情调、地域特色的建筑令我耳目一新,仿佛置身于《一千零一夜》中的阿拉伯世界。

走进艾提尕尔大清真寺,才知道这座大清真寺的历史十分悠久,更震撼于它的规模之大、地位之重要。这座建造于公元 1442 年的清真寺,是新疆乃至全国最大的一座伊斯兰教礼拜寺,在国内和东南亚以及中亚地区宗教界均具有一定的影响。寺院占地一万六千八百多平方米,是一个有着浓郁民族风情和宗教色彩的伊斯兰教古建筑群,由寺门塔楼、庭院、经堂和礼拜殿四大部分组成。塔楼对着广场,天蓝色寺门宽四点三米,高四点七米,外面两侧的墙壁各连着高十二点五米的圆形砖柱,各柱顶均建有一塔楼。进入寺门,是一个八角形穿厅,内有一个占地一万三千平方米的大庭院,南北两侧各有一排十八间的经堂,为伊玛目讲经和宗教学生学习经文的场所。庭院内有两个水池,四周白杨参天,桑榆繁茂,虽居车水马龙的市中心,内中却格外清静、幽雅。

寺院西端有一个用木栅隔开的院落,那就是礼拜殿,分内殿和外殿,设在高出地面一米多的台基南北长一百四十米,东西进深十九米。如此大型的礼拜殿"不但国内所无,即使在国际上也极少见"。外殿有一百四十根高七米的绿色雕花木柱,呈网格状排列,支撑着白色的天棚,气势雄浑。寺内平时有三千多人做礼拜,居玛日(星期五)有七千多人,每逢节日,寺内寺外跪拜的穆斯林可达三万

115

人之多。

艾提尕尔大清真寺是新疆地区宗教活动的重要场所,既是穆斯林做礼拜的场所,也是国内和东南亚地区以及中亚地区穆斯林朝拜的圣地,更是传播伊斯兰文化和培养宗教人才的重要学府,天山南北以至中亚地区许多教阶较高的伊斯兰神职人员和诗人、宗教学者均毕业于此,或曾在此受到严格的培训。

到了喀什,不能不去距离市区五公里的香妃墓。尽管我们得知已经没有回程的汽车了,还是决定乘最后一班公共汽车前往。这是座始建于公元 1640 年、新疆境内规模最大的霍加(即圣人后裔)陵墓,墓主为喀什噶尔(霍加政权)国王阿帕克霍加及其家族五代七十二人。墓中葬有阿帕克霍加的重侄孙女买木热·艾孜姆(香妃本名)。这个异族的女孩自幼体有异香,被清朝皇帝选为妃子,赐号香妃。可爱可怜的香妃不服中原的水土,没几年就在北京香消玉殒。她去世后,朝廷派出了几百人的送葬队伍,由一百二十四人抬运棺木,历时三年送她回到自己的故乡,葬于其家族墓内,安息在亲人的身边。当地群众亲切地称此墓为香妃墓。

主墓室尚存一乘驼轿,据说是从北京运尸时带来的。凝视着这一乘驼轿,凝视着这个具有维吾尔族传统建筑特色的古建筑群,我一阵忧伤。走在墓园中,走过门楼、小礼拜寺、大礼拜寺、教经堂、主墓室,你会感觉到像所有陵墓一样的宏大肃穆。拱伯孜是陵园的主体,是全新疆最大的穹顶式建筑,高二十六米,四周墙壁用深绿色琉璃砖贴面,上面绘有彩色图案,写着阿拉伯文的警句,四周立着巨大的砖砌圆柱,柱顶各建一邦克楼,拱顶部也建一邦克楼。这四顶一拱和铁柱尖端高擎的五弯月牙参错环抱,使整个建筑显得格外庄严峻拔。墓室内半人多高的平台上排列着大小不等的几十座坟包,也用深绿色的琉璃砖贴面,其中大者为男坟,小者为女坟。在这种富丽庄严的冰冷中,我寻觅一缕芳魂,在心中默默祭拜那个因为奇特而殒命的年轻的魂灵。

春雨在帕米尔高原吟唱了整整一夜。穿过多年的沙尘,越过亘古苍凉与漫漫岁月,一曲天籁之音破空而至。我梦里醒着的耳朵,整整一宿,倾听这点点滴滴珠圆玉润。眺望中,绿荫之外还有锦缎般的花草缤纷。

喀什的自然风光同它的主人一样,两个字:奇特。这里有号称世界屋脊的帕米尔高原,有曲折蜿蜒的叶尔羌河,有终年晶莹的冰山之父——慕士塔格冰山,有世界第二高峰——乔戈里峰,有明媚秀丽的高山湖泊——卡拉库里湖,有死亡之海——塔克拉玛干大沙漠。我没有能力领略这些充满神话色彩的自然风光。我只能这样说,来新疆,你如果不选择喀什,那就是生命中永远的遗憾。

当然不是走马观花,而是深入它的内心。

而就算是走马观花,也会让你目瞪口呆,过目不忘。

喀什是一个充满诱惑的地方,我无法用自己笨拙的文字描绘它的魅力、它的神奇。它没有红墙绿瓦,没有一望无垠的富庶平原,没有江南小镇曲幽辗转的溪流,也没有万里长城,却偏偏让我刻骨铭心。

喀什的感觉绝没有人工雕琢的痕迹。

而我生命里真正钟情的却正是这大自然的原色。我情愿将生命交付给喀什的山山水水,将一颗心融入这神奇的地方。

置身喀什,宛若走进了《天方夜谭》。

博斯腾湖之梦

博斯腾湖,丝路上的纯情少女。

站在博湖身旁时,我就知道了,它是焉耆的一颗大心脏。

博斯腾湖是位于新疆焉耆盆地的一个山间陷落湖,古称西海、鱼海,是中国最大的内陆淡水吞吐湖。

它是我目光所扫描过的最大的湖。

连续几百公里的沙漠之旅后,伫立在湖边,我便傻了眼。在干燥、荒芜的沙漠上,怎么会出现如此烟波浩渺的湖泊呢?

大自然总会给人类呈现出意想不到的惊奇。

在它面前,我躬身肃立,表达着虔诚与庄严。

正是金秋十月,苇絮轻飘,芦苇金黄,秋水凝重,飞雁惊鸿。

没有一丝风。湖水波光潋滟,荡漾着金色的阳光。

阳光在享受着湖水的滋润和爱抚。

相传很久以前,这里没有湖泊,只是一片风景优美、水草丰盛的大草原。有一个叫博斯腾的青年和姑娘尕亚深深相爱。天上的雨神发现了尕亚的美丽,要抢她为妻。尕亚誓死不从,雨神大怒,连年滴水不降,于是草原大旱。勇敢的博斯腾与雨神大战九九八十一天,终于使雨神屈服,但博斯腾却因过度疲累死了。尕亚痛不欲生,泪水化为大片湖水,悲愤而死。

传说带着虚拟的成分,但却让一座湖凄伤。

在这个传说的背景下,我听到了一群野鸭的叫声。它们在湖面上盘旋,发出悲戚的哀鸣。

我以为湿地是博斯腾湖最具魅力的特色。大片的芦苇,一簇簇聚集成巨大的芦苇束,浮在水里,远看就像湖面上漂荡着无数的芦苇岛。苇秆秀气挺拔,迎风摇摆。一望无际的湖水波澜不惊。成群的野鸭和鸳鸯,在湖里快乐地游荡。

突然,起风了。在风的作用下,湖面波浪滔滔,宛如沧海,阳光在其中跳荡,我甚至聆听到它们激扬的歌声。

这又是一种情感的表达。

远离了悲伤的故事,博斯腾湖应该承载着更多的昂扬。

众多苇荡和芦苇水道纵横交错,犹如迷宫。我们坐上小木船,在苇荡里穿行。湖风扑面,水花飞溅。掠过两侧如林的芦苇,心中顿生无限快意。

大湖中有无数的小湖。星罗棋布的小湖草木浓密,野莲成片,隐匿着各种水禽和飞鸟。

为了欢迎我们,鸟儿扇着翅膀,在空中舞蹈。

还有一个传说,唐僧去西天取经时,在离此不远的流沙河受阻。西海龙王的三太子被唐僧等人饱受磨难的行动感动,于是,经观音菩萨点化,变作一匹白马,驮着唐僧一行,安然渡过流沙河。

千万年栖居于此的鸟儿一定目睹过一种坚韧的精神,以及一个神话的诞生。

晚霞如梦似幻,合眼,如在梦里遨游。

"两个黄鹂鸣翠柳,一行白鹭上青天。"忧国忧民的杜甫竟然也有闲情逸致。

白鹭又称鹭鸶,是一种美丽的水鸟。它天生丽质,身体修长。它的腿、脖子、脚趾、嘴巴细长,瘦美。它披着洁白如雪的羽毛,犹如一位高傲的白雪公主。

古人对它的赞美,早已成为我心中的诗情画意。

可是我很难见到白鹭,梦里,它总是虚无缥缈。

丝路的旅行圆了我的梦。

在博斯腾湖的南岸,那个叫白鹭洲的地方,我看见了白鹭。白鹭生活的地方是那种寂静的孤独。在我的目光巡视下,几只白鹭在空阔的天空飞翔着,只听见翅膀划过气流时发出的寂寞声,苍苍茫茫,无边无际。各种形状的云彩浮动在它的四周。突然,它发出了鸣叫,只是一声,让孤寂的岛屿有了生机。

呱——呱——几只白鹭的低鸣,引来草丛里无数的白鹭飞来,呈 V 字形从天空划过,让蓝天铺满白云。

我的目光追逐着它们的影子,久久不愿离去。

白鹭洲依山傍水,碧波荡漾。沙丘起伏,沙坡如水,落沙如泻。水面和沙丘的接连处,花草繁茂,红柳成荫。这样至美的环境为白鹭的生存营造了一处温馨的空间,让它们从容地体验着生命的快乐。

享受自然,倾听鸟的音乐,欣赏白鹭的飞翔,使我在白鹭洲度过了生命里难忘的一个瞬间。

在落日的彩霞下,望着翩翩起舞的白鹭,我和同伴各自陷入沉思。

白鹭洲是白鹭放飞梦境的乐园。

我在阿洪口止步不前。

阿洪口迷人的风光堪称博湖第一景,芦苇荡姿态各异,有的倒影连连,有的亭亭玉立。湖心鸟上,群鸟栖息,恬静悠闲。湖面上莲花盛开,朵朵娇艳。空中,水鸟在展翅高飞。水里,鱼儿在回旋游弋。

情人岛的茅草屋外彰显着古朴。

宁静、安逸的休闲环境令人返璞归真。

曾经有一个梦想,在芦苇丛中做一个恬淡的梦。

读过帕斯卡尔的《思想录》,他说,人不过是一棵会思想的苇草。

可是躺在芦苇丛中,我宁愿不要思想。

享受自然的静谧 是放松生命的方式。

活着是有点累了。

在阿洪口,我实现了这个梦想。这里的芦苇比别处更为旺盛。它的高需要仰视。趁同伴们在照相,我潜入水边的一处芦苇丛中,仰面躺下,闭着眼睛,静若处子。

生命过程中的某些恬淡的细节,某个销魂的时刻,在我的回忆中一瞬而逝。

看过一部美国影片《肖申克的救赎》。记住了这样一句话:"没有记忆的海洋,我要在那里度过我的余生。"

如果有可能,我不希望再返回烦恼的人生。

迷离着,我仿佛度过漫长的时光。

其实只是短短的十几分钟。

跋涉过生命的长河,我懂得了生命的价值无法用长度来衡量。

起身,举目眺望水上平台,好似海市蜃楼。登上平台,看着水面上摇荡的橡皮舟、自控的情侣船、令人心跳的滑水板、穿梭自如的摩托艇,宛若回到人间。

我和朋友没有选择任何游乐项目,那也许刺激,也许惬意,但是缺少了诗意的享受。

在望湖楼餐厅,品尝着美味的鱼,欣赏着湖光美色,有一种心旷神怡的感觉。

开着车,直达莲花湖岸边。

车的右边是一望无际的沙漠,清冷的风不时向我们袭来。

左边便是莲花湖了。

莲花湖位于博斯腾湖西南岸的小湖区,人称瀚海明珠。

在江南水乡,领略过无数的莲花,此刻我宛若置身于江南。

十月,花期已过,枝叶枯黄,然而这正是它的另一种景致。微风吹来,它仿佛在诉说着昔日的青春时光。

在秋风的召唤下,水鸥优雅地盘旋,轻捷地起落。野鸭拼命地扇动翅膀,完成寒冬到来前的最后一次表演。

远远地,我看到了一只丹顶鹤。它亭亭玉立,站在湖心一处高地。我依稀看见它脉脉含情的目光,它是在怀念往昔的时光,还是在眷恋心爱的情侣? 那样站着,和我遥遥相望。

一排树桩处,齐刷刷地站了一群鸟,好像在那儿开会讨论什么问题。是蓝色的羽毛,我不知道那种鸟的名字。

清澈的水里,鱼在畅游,偶尔,它们跃出水面,优雅地舞蹈。

缕缕清香,淡淡秋风,荡漾着芦苇的芳香,沁人心脾。乘上快艇,在水中劈波斩浪,追逐嬉戏。野鸭、大雁、鹭鸶成对成群,苇草盈荡,水巷曲折,鱼跃鸟翔。

饱览湖光水色之后,再去品尝百鱼宴。

唇齿留香,沉醉在鱼香酒醋之中。

在莲花湖享受了精神的盛宴之后,再来满足物质的东西。

落霞湾,一个承载着诗意的境界。

落霞为什么在此驻留?

喜欢晨曦,更向往晚霞,它们从不同的角度,演绎着大自然的迤逦。

博斯腾湖境内的落霞湾给了我梦幻般的感受。

我们抵达时,西天的晚霞正在渲染着红晕。大地上的植物、水面、飞禽,在红光的映照下,都在装扮着自己的容颜。枝枝树木、片片叶子泛着红光,犹如少女鲜艳的衣裙。苇草摇晃着金色的身躯,将一只只鸟儿的红翅淹没。水面上,红光闪烁,掀起层层涟漪。

夕阳在向地平线逼近,连绵逶迤的湖滨沙滩,仿佛一道黄金海岸线,落霞向一天告别。别离的情感总是那般炽热。整个西半天,热烈彤红。沙丘海岸,大片如火的红柳林霎时燃烧起来。

傻傻地站着，忘却了疲劳，忘却了俗念。万里奔驰，好像就是为了赶到落霞湾，赴一场心灵之约。

醉倒斜阳，这是何等令人痴迷的景象！

我们忘记了拍照。更多的时候，美好的瞬间是印证在心里的。

落霞湾，一个名不见经传的地方，却有着如此的美景。

"落霞与孤鹜齐飞，秋水共长天一色。"这是王勃《滕王阁序》里的句子，这壮丽旖旎的景象，此刻令我沉醉于这如梦似幻的塞上仙境。

走过千山万水，在这儿，我才感受到夕阳的魅力。

欣赏了自然景观，人文景观也不会放过。

喇嘛，我的印象是在西藏，藏语里它是和尚的意思。

博湖县境内的喇嘛庙，全称是巴格希恩随木喇嘛庙，为和硕部落四大寺庙之一，坐落在开都河宝浪苏木分水处。

远望，俨然盘龙卧虎之势。

自然景象需要心灵的体验，而人文景观则需要解说。

我们安静地听着一个圆脸姑娘的叙述。

她向我们介绍道："1866年，由蒙古人巴格希恩更盖之筹资修建了这座庙，称巴格希恩随木喇嘛庙。这座庙是请来甘肃、青海等地的工匠，仿青海塔尔寺而建的。

"这座百年古刹虽历经风雨沧桑，其主要建筑和设施依然保存完好。听说每年正月十五，庙里会举行麦德尔节，四方蒙古族教民纷至沓来，到古刹朝觐，成为博湖地区宗教民俗风情的集中展示点。

"喇嘛庙也有一个传说。在烟波浩渺的博斯腾湖里生长着一对硕大的乌龟。一日，乌龟溯水觅食，由于多日饥饿，无力向上游爬行。乌龟停留的地方慢慢形成一块三角绿洲。龟为神灵之物，于是，历史上开都河水曾多次暴涨，但都未曾淹没这地方。传说和硕特蒙古有一位德高望重的大喇嘛巴格沁盖选中这块地方，修建喇嘛庙。庙建成后的一百多年间，曾有几次大水淹没周围草滩，唯独喇嘛庙安然无恙。

"伏在乌龟背上的喇嘛庙有神灵的保佑，河水自然淹没不了它。"

随着解说员的步伐，游人进了庙宇。我不喜欢在狭小的空间久留，就无意细细品味喇嘛庙的建筑。

走出庙宇，我恍惚看见它的上空弥漫着一道诡异的光。

思想者的旅行

那个时刻,太阳隐没在云层中。

有些累了,在一棵树下,我坐下,如僧人般打坐。

忽然就入了梦境,一只巨大的龟从古长安的昆明湖起飞,驮着我飞向博斯腾湖。

塔河听禅

一条河,一条在大地上流浪的河流。

塔里木河总是伴随着一首歌的旋律,在我的心里流淌。

> 不要问我从哪里来,我的故乡在远方,为什么流浪?流浪远方……为了天空飞翔的小鸟,为了山间轻流的小溪,为了宽阔的草原,流浪远方……为了我梦中的橄榄树。

它从哪里来的呢?它像是吃百家饭长大的孩子,一个孤儿。在塔里木盆地的边缘游走,在塔克拉玛干千里荒漠中求生,在几千年不息的燥风烈日下奔波。它又像是一个侠客,行走江湖,广交朋友,行侠仗义,最后不见踪影,神秘消失,就这样,竟成就了它巍峨的身躯和不老的生命。中国的内陆河,没有任何一条河流可以与塔里木河的长度相比。

还没有走近塔里木河的时候,我就知道,它注定和我有着某种缘分。

这是秋天,眼前的塔里木河水粗看是清澈的,其实水流里有细沙,秋风从水面上滑过,印着绫缎似的波纹,抚慰着我日渐枯燥的心灵。站在大桥旁的河岸上,向上下游可以望去数十里,在阳光下倒映着清静的天穹。掩在树林背后的支流,因某种光线的角度呈现出湛蓝色,分辨不出流水的来龙去脉。在古突厥语中,塔里木一词意为注入湖泊、沙漠的河水支流。在维吾尔族语言中,意为田地、种田。史册文献中,称其为戍水、葱岭河。《汉书·西域传》中说"南北有大山,中央有河",指的就是这条大河。

塔里木河清澈见底,波澜不惊,却缓慢而执着地向死亡之海行进。它义无反顾地选择了奔向死亡之海,是想拯救塔克拉玛干这孤高的浪子吗?也许它的出生就注定了悲剧的命运。水与沙只有征服与被征服两种结局。塔里木河奔腾向东,逶迤千里,阻止了塔克拉玛干大沙漠与库鲁克塔格沙漠的合拢,灌溉了两岸数以万计的良田绿洲。

这像河又像湖的辽阔水域,在塔克拉玛干北部的塔里木盆地境内,勾画出了一条优美的绿色长廊。

一条河总会有它感人的地方。塔里木河感动我的是与它相邻的沙漠。它的广大自然是无法描述的,呈现在我眼前的是山脊、山谷、山坡。山脊巍峨壮丽,山谷神秘莫测,山坡更美,若图腾的标记。我俯卧在沙上,感受着它的心跳以及不远处一条河的呼吸。我感受到了禅意的存在,禅意的飘逸。禅是什么?禅是心的存在,禅是心的感动。

一条河不仅是需要我用眼目感受的,听出禅声,悟出禅意,这才是生命的大境界。

一条河,一条古老的河,总有属于它的美丽传说。起初它的名字叫阿娜河,改变它名称的是一个叫塔里木的少年和一个叫琪格古丽的少女。塔里木为了获得琪格古丽的爱情,也为了故乡人的幸福,举剑劈开了阻拦在山洞口的巨石,战胜了沙魔,为此献出了生命。而琪格古丽穿着新婚的服装,甘心陪伴塔里木的魂灵。此刻,我身处一片广阔无边的戈壁,一条变化莫测的大河旁,仿佛听到了塔里木举剑劈石的巨响,听到了他与沙魔搏斗的呐喊,听见了一个少女美妙的歌声。那么真切,那么震撼人心,那是万籁俱寂的宁静中听到的禅音,有时它是掩藏在嘈杂、震撼人心的声音背后的旷远和深邃。《圣经》中有一句话:巨石发出了"难以言喻之叹息"。这声叹息不是悲哀,是感动,我的心弦被一个叫塔里木的少年拨动,引导着我步入深邃的境界。

我在想象着一条河穿山越涧、徒步沙漠时发出的声音,时而激越,时而咆哮,时而低泣,时而吟唱。更多的时候,它默默地没有一点声音,它在渗透,渗透了几千公里。这是穿透我心灵的声音,是大音希声。我敬仰它的神圣,是它最虔诚的听众。这更是传奇的声音,山涧听见了,戈壁听见了,沙漠听见了,两岸的胡杨林听见了,高飞的鸟、水底的鱼听见了,它们以各自的声音回应河流,为它歌唱,也陪伴这浇灌它们的灵魂,如伯牙的琴声遇到知音。寂寞的伯牙在八仙出没的蓬莱岛上潜心修炼声音,闻海水澎湃、群鸟悲号之声,心有所感,抚琴而歌,"伯牙鼓琴,而六马仰秣",钟子期听懂了他的琴音,懂得了他心灵深处的大抱负和大悲哀,实现了生命的超越。塔里木河也是如此,它千古流传的声音,如灵魂中的烛光和闪电,照亮了山涧、戈壁和沙漠,也照亮了我的世界。

当我千里迢迢、风尘仆仆走近这条中国最长的内陆河时,不禁想起了维吾尔族歌手克里木的那首《塔里木河》:"你拨动着悠扬的琴弦,伴随我唱起欢乐的歌。"喜欢这样的表述,乐观、昂扬,荡漾起生活的理想和希望。站在清凉的河水中,我的激动和兴奋在逐渐沉淀:这就是我魂牵梦萦的塔里木河吗?这就是养育了新疆南疆八百万人口的母亲河吗?这清浅如溪水的河流曾经真的浇灌出漫漫驼铃的古丝绸之路吗?这温婉娴静的河水真的孕育出了创造古楼兰文明的剽悍的游牧民族吗?

毫不夸张地说,塔里木河是一条伟大的河,一条天地间永恒的河。它西出昆仑,穿山越涧,汇纳了一百四十四条支流,最后穿越千里大漠流入罗布泊,流域面积达到了一百零五万平方公里。它的伟大更在于它的包容性,它以宽广的胸襟融合了华夏文明、印度文明、阿拉伯文明、希腊文明,孕育了灿烂的西域文明。

"天下万物生于有,有生于无。"塔里木河仿佛从亘古的洪荒中来,它将流向何方?没有大海的向往,没有峭壁的飞泻,它的生命宽广平静,无欲无求。它是个孤儿,但又不是孤儿,它是天地的宠儿。它取法于天地自然,善利万物而不争,最终功成身退,归于天道,消失在茫茫天地间。老子言:"天地所以长且久者,以其不自生,故能长生。"塔里木河未尝不是呢?这是我在静静的塔里木河谛听到的禅音。

塔里木河边是大片壮美而悲怆的胡杨林。地表上或潜流的塔里木河以它的主流、支流或毛细血管,在不确定的游移中滋养或遗弃胡杨的群落。胡杨林追逐母亲乳汁的足迹,形成了枯荣兴衰的命运,在茫茫大漠勾画出了龙蛇般缠绵的图景。

近水边的胡杨树是葱绿的,远处沙漠中则呈现出一派金黄色。所谓生而不死的树冠蓊郁,死而不倒的枯枝像是龙爪伸向天空,倒而不朽的坦然伏卧、坚硬如铁,朽了的用手扳下一块,松软如同泥土。从几抱粗的枯木到细如手指的小苗,是怎样一个时间流逝的形象?千年万载完成了一棵树的生死轮回,似一首漫长而又短促的史诗。

在干旱的沙漠上竟然挺立着生命的葱茏,这"活着一千年不死,死了一千年不倒,倒了一千年不朽"的胡杨令我惊奇。站在沙脊上望去,胡杨林掩映在一片黄绿错综的绿洲里。在蓝得纯净而庄严的天空背景下,霜染的胡杨林一片金黄,这是一种成熟生命的本色。我不愿走近它,远处的眺望更具备审美的意义。我恍惚听见了胡杨树在风中为一条河歌唱,为一条河的存在而吟诵生命的真谛,那是人们不易感受到的禅音。我想胡杨也许只是挺立,而并不为迎接或者向世人昭示什么,就像塔里木河,只是完成它流淌的使命。

我唯有止息仰望。

空旷处有骆驼草,幼嫩得可以用手轻轻捏出苦苦的鲜汁,花絮也能挤出黏黏的水来。老的叫成骆驼刺,抓一把,又如若干纤细的利箭射入掌心,热辣辣的疼痛难忍。而沙柳贴着地皮生长,与沙子一争高低,一年又一年,形成形状各异的沙团沙丘,一坨一坨的,大的仿佛古墓,小的宛若抔土。有芦苇长出穗花,稀疏地高高地摇晃在河滩上。

鸟类似乎只看见乌鸦和扇动着羽翼的无名小鸟,数得清的几只,在辽阔的林梢间掠过。正走在塔里木河边上,同行的小胡在前面草丛里惊叫了一声,让我赶快去帮忙。我也发怵了,是蛇咬住他了?近前一看,他正用脚踩住一只大鸟,让我去抓。我看见这只大鸟已经没有挣扎的迹象,奄奄一息了。我说,这是鹰,雄鹰,辽阔大漠上的神鸟。几天来,我们第一次看见雄鹰,却是一只死的。它的傲慢和机警,它的搏风击云,以及写在翅膀上的阳光,都已经成为历史。

不远处是一个驿站集市,那里有饭馆和瓜果摊,河滩里的垃圾堆肮脏不堪,恐怕是这只鹰误食了有毒的腐烂食物而毙命的。它的种族熟悉大自然,却并不了解人类所制造的鼠药一类物质的性能,它作为牺牲品带给同类进化上的教益只能是这样了。这时,一阵嘎嘎的叫声从空中传来,是失去伴侣的另一只鹰在哀鸣。它盘旋着,俯瞰着,等赶走了我们,又掠过宽阔的塔里木河上空,向远处飞去。

我的目光落在几只水鸟上,又游移到一片胡杨林。

很多时候,我们听不到却能感应到禅音。化声音为虚无,化静物为声音,这是人生的大境界。

我眼前的河道蜿蜒迂回,似一条银色的丝带在苍黄中轻扬。望着脚下的沙,我惊奇地发现河岸对面就是塔克拉玛干沙漠。在那里,沙与水温柔而亲密,中间甚至没有湿地的过渡,汛期冲上沙坡的水印依稀可见。濡湿的沙坡上零星地生长着一些芦苇,在风中轻轻地摆动着,摇晃着。在上帝恩典的塔里木湖,正是芦苇成熟的季节,自然地走向宁静。一片芦苇,这是塔里木湖令我感动的细节。张扬和安静,在塔里木湖的水边,在风里歌唱,开出美丽的芦花。我想象着自己徜徉其中，一条河，一个人，一片芦苇。芦苇草是自然界中最脆弱的东西，但正如老子之言："草木之生也柔脆，其死也枯槁。"脆柔，是生命力的表现，是生的智慧，不主自我，随物婉转，物我合一，得天地之正。

塔里木河的风，仿佛从远古吹来，侧耳聆听，芦苇、胡杨、河流、流沙、飞鸟在风中歌唱，唱着一首宁静的歌。

宁静，一种夺魄的宁静，引领我进入禅意的境界。好的景物需要禅的目光、禅的听觉、禅的心境。在河边，我捡到了一只贝壳，这古老的软体动物化石记录了这条河曾经生机勃勃的历史。这是一条孤独的河流，孤独到只有沙与风在苍天下舞蹈。风，这孤独的斗士，经历了大自然最残酷的折叠，铸就了最桀骜不驯的品格。它的吼声让河畔的每一道沙脊，每一座沙梁都历经了最狂怒的迁移。我疑心自己穿越了时空，进入了鸿蒙开辟的时代，咫尺、天涯、洪荒，谁也无法真正停留在这肆虐而死寂的世界，塔克拉玛干拒绝一切诱惑，它只坚守自己的冷漠与倔强。聆听着塔里木河的风声，我的胸襟在扩张，身上的毛细血管在膨胀，是宁静的巨大力量灌输进了我的身心。

塔里木河的尽头是罗布泊。罗布泊，一个曾让我胆战心惊的名字，彭家木、余纯顺在此神秘消失。它成了死亡的代名词。历史学家、考古学家在求证楼兰的秘密，这更增添了一条河、一处泊的神秘，我听见了彭加木、余纯顺悲壮的呼喊：拥抱罗布泊！死亡何尝不是重生呢？或许这身边的一粒沙、一块石、一棵树、一株草、天上的一只飞鸟，前世竟是一个人呢！

面对着河水，我静坐凝思，聆听着一条河的心声，宛若入禅，身心澄澈无边。时至中年，我已经没有了年少时的狂热与激情，已经学会用一种理性的眼光审视自然，审视人生。塔里木河，这自由不羁的侠客，这顺乎天道的伟人，让我一次次聆听到禅音。

前世，我或许是戈壁上的一块砾石；今生，我愿意是塔里木河底深埋的一块白玉；来世，我会是沙漠中的一棵胡杨吗？

感谢这个秋天将我带到了塔里木河。一条流入秋天的河，宛若我的中年，远离了喧哗和浮躁，平静，舒缓，深邃。我就像这条河，流入了生命的秋天。聆听着、感受着塔里木河的博大和精深，成为这个秋天我生命的主旋律，我的人生由此将进入禅意的彼岸。

楼兰，一座废墟的背影

在黄沙漫漫、尘土飞扬的塞外，有一个神秘的塔克拉玛干，那里有一个震惊世界的名字：楼兰。

在那边关冷月风萧、大漠如雪的塞外，有一个丝绸古道，它的名字叫楼兰。听说它的名字是在很久以前，与神秘联姻，与古老相伴。

曾经是"广袤三百里，其水亭居，冬夏不增减"的楼兰，胡杨茂密，水草肥美，土地肥沃，这是楼兰人的家园。来往的商旅连续不断，驼铃叮当，琴声悠扬，好一个人间仙境、世外桃源。

在那群山绵绵、白雪皑皑的塞外，有一座古城，它的名字叫楼兰。那里记载着多少代人的辉煌与灿烂。

楼兰，这个神奇的名字，令人神往，梦萦魂牵。

楼兰，一个充满了神秘色彩的名字，在楼兰发现的一百年中，围绕着楼兰的难解之谜，始终成为世界瞩目的焦点。一百年来，有关楼兰的每一次发现都炫人眼目，但是，人们依然无法找到文明和文明之间的联系。楼兰就这样被摆在历史空荡荡的舞台上，没有任何布景和说明。

楼兰古国，这是一个早就听说了的名字。好像在我年轻时，科学家彭加木消失的事件让我对楼兰产生了恐惧。真的，那时只是恐惧，没有更多的感受。

我无法对一个已经消失的国家说什么。凡是消失的东西，我都会怀着深深的眷恋和尊敬，一颗叹息之心，犹如染红的丝绸。

罗布泊已经干涸，曾经是万人之国的楼兰已成一片废墟。

列车是潜行在夜里的一条现代大虫,如入无人之境,呼啸在古丝绸之路上。驼队马帮虽然已经十分遥远了,但大自然的风物似乎并没有多大变化,除了戈壁滩就是大沙漠,间或有比例很小的绿洲。在我们似睡非睡的梦境中,列车已过了安西,过了哈密,过了吐鲁番。车窗外的山峦,虽说依旧是祁连山的貌相,却已是天山了。

古丝路在安西和敦煌分岔,一分为三,有北新道、北线和南线。北新道由安西向西北越过戈壁滩,经哈密、吉木萨尔、乌鲁木齐抵伊宁。北线由敦煌出汉玉门关,经鄯善、吐鲁番、焉耆、库尔勒、库车、阿克苏至喀什,而南线则从敦煌出阳关,经米兰、若羌、且末、和田、叶城至喀什。我们乘坐的火车路线,是由敦煌的柳园经哈密,又从北新道跨到北线的鄯善,直抵库尔勒。

西汉时的丝绸之路给了楼兰国商机,之后被匈奴吞并,反过来与西汉为敌,抢劫商旅,阻断丝路。于是,汉将霍光派人出使楼兰,贪图财物的楼兰王来了,在宴席上掉了脑袋。其弟被立为国王,为避开匈奴,迁都到今天的米兰一带去了。楼兰城成了汉朝的军事要塞和大驿站,到了东晋年间便神秘地消失了。

对于向往中的楼兰,我们绕了一个半圆,但始终与它形成一个相对的距离,只是在联想中让心灵抵达。

在我的视野里,楼兰遗址全景旷古凝重,城内破败的建筑遗迹了无生机,显得格外苍凉、悲壮。

楼兰在历史上是丝绸之路上的一个枢纽,中西方贸易的一个重要中心。司马迁在《史记》中曾记载:"楼兰,姑师邑有城郭,临盐泽。"这是文献上第一次记载楼兰城。西汉时,楼兰的人口共有一万四千多人,商旅云集,市场热闹,还有整齐的街道,雄壮的佛寺、宝塔。然而当时匈奴势力强大,楼兰一度被他们所控制,他们攻杀使者,劫掠商人。汉武帝曾发兵破之,俘虏楼兰王,迫其附汉。但是楼兰中了匈奴的反间之计,屡次杀戮汉朝官吏,汉昭帝元凤四年(前77),大将军霍光派遣傅介子领几名勇士前往楼兰,设计杀死了楼兰王尝归,立尝归的弟弟为王,并改国名为鄯善,将都城南迁。但是汉朝并没有放松对楼兰的管理,"设都护、置军侯、开井渠、屯田积谷",楼兰依然兴旺。

楼兰属西域三十六国之一,与敦煌邻接,公元前后与汉朝关系密切。古代楼兰的记载以《汉书·西域传》、法显以及玄奘的记录为基础。《汉书·西域传》记载:"鄯善国,本名楼兰,王治扞泥城,去阳关千六百里,去长安六千一百里。户千五百七十,口万四千一百。"法显谓:"其地崎岖薄瘠。俗人衣服粗与汉地同,但以毡褐为异。其国王奉法。可有四千余僧,悉小乘学。"玄奘三藏在其

思想者的旅行

130

旅行末尾做了极其简单的记述:"从此东北行千余里,至纳缚波故国,即楼兰地也。"

举世闻名的新疆重要古迹楼兰古城位于罗布泊西部,我国内地的丝绸、茶叶,西域的马、葡萄、珠宝,最早都是通过楼兰进行交易的。楼兰王国在公元前176年建国,到公元630年却突然神秘地消失了,只留下一片废墟静立在沙漠中,引发后人无尽的遐想。

我敬佩一个伟大的人物:斯文·赫定。

1900年3月,斯文·赫定沿着塔里木河向东,到达孔雀河下游,想寻找行踪不定的罗布泊。3月27日,探险队到达了一个土岗。这时,糟糕的事情发生了,斯文·赫定发现他们带来的水泄漏了许多。在干旱的沙漠中,没有水就等于死亡。他们于是去寻找水源,令人难以置信的一幕发生了,一座古城出现在他们的眼前:有城墙,有街道,有房屋,甚至还有烽火台。

斯文·赫定在这里发掘了大量文物,包括钱币、丝织品、粮食、陶器、三十六张写有汉字的纸片、一百二十片竹简和几支毛笔,由此他断定这就是神秘消失的古国楼兰,于是整个世界震惊了,许多国家的探险队随之而来。经历史学家和文物学家长期不懈的努力,楼兰古国神秘的面纱被撩开了一角。

在丝绸之路上,由于交通条件落后,认为西域就如《西游记》里所描写的妖魔鬼怪住的地方,百鬼夜行是那些国度里的常事。13世纪时,马可·波罗在旅行记中说,自古以来,这个沙漠中的妖魔鬼怪迷惑旅行者,以把他们引入死亡之渊为乐趣。399年的法显西行取经路上,也说一出玉门关,附近有恶鬼,有时突然会被热风刮起,面临的将是死亡的危险。天空无一鸟,地上无一兽,一望无际,视野可以达到极端,可以作为标记的唯有暴露在沙漠上的人骨和兽骨。这些恐怖的情景,多是发生在楼兰所在的罗布泊一带的。

楼兰的位置究竟在哪里?都说在罗布泊周围,而准确的位置仍是一个谜。用日本著名的佛教遗迹探险家橘瑞超诙谐的话说,如果一定要知道的话,只能去问长眠于变化无常的沙漠之下的楼兰国民了。

新疆一个叫毕然的作家带着对楼兰的关注,用五年时间亲历楼兰,研究楼兰,采用文化散文的抒写手法写出了一部《楼兰密码》,描绘了楼兰的兴盛、消失和多义,从文学、历史科学、社会学、人文地理、考古探险、民俗学等多学科交叉解读楼兰,对楼兰进行审美化的描述,对其历史文化、语言宗教、哲学精神、建筑植物等进行了立体的、深层的散文透视和多点扫描,并有着独特的见解和最新的观点,以一种更为宏观的大视野看待楼兰的过往,力求给读者呈现丰富精彩多元的楼兰文化。

在毕然眼里,楼兰那些最美丽的人与事物并没有随着千年时间的磨损而彻底死亡、消逝,如她眼中的楼兰美女:"她脸上凝固着一朵神秘的微笑,这微笑比吸引西方人目光的蒙娜丽莎还要引人入胜。她一定是在爱人温存的注视和深深的拥吻后,愉快地闭上了双眼。在她弥留之际,又有什么漾过心头?一定是无限的爱,让她充满愉悦而满足地把幸福凝固在了脸上。在这风声鹤唳的荒原上,是什么曾经存留在她温柔的心怀?"

谜一样的楼兰美女,令我再次把目光聚焦在楼兰古国。

著名的楼兰美女出土于 1980 年,当时,考古学家在罗布泊孔雀河下游的铁板河三角洲曾发现了一片墓地,墓中出土了一具中年女性干尸,体肤指甲保存完好。她有一张瘦削的脸庞,尖尖的鼻子,深凹的眼眶,褐色的头发披肩。她身上裹着一块羊皮,毛织的毯子用削尖的树枝别住,下身裹一块羊皮,脚上穿一双翻皮毛制的鞋子,头上戴毡帽,帽上还插了两支雁翎,具有鲜明的欧罗巴人种特征,被世人称为楼兰美女。用她身上的羊皮残骸做鉴定,表明是一具距今三千八百年的古尸。她是谁?为什么会在这荒无人烟的地方?这成为考古界没有解开的谜。

楼兰美女是迄今为止新疆出土古尸年代最早的一具,距今约有四千年历史。然而,关于这具尸体所代表的人群具体属于何种种族以及生前是当地土著还是从他处迁徙而来等问题,至今在考古界仍众说纷纭。

离开这片神秘的废墟,我夜不能寐,遂写下以下的文字:

穿越风沙中兽骨化作烽烟的历史,倾诉一段大汉帝国的风尘断章。在历史与岁月交替的骨髓里,寻找那段曾经悦耳的驼铃,还有那个繁华一度而今成为化石的城池。楼兰承载着东方文明走进西方的历程,可是谁会望见抽刀断水的楼兰姑娘?也许低沉的抽泣已弥漫于整个古城的背影,蹒跚的行者,已难寻那年那月的驼队,是如何将一路风尘之歌燃成史册中竖列的文字?

伫立在废墟上守望,守望我梦中的故乡。千年一梦,千年守望,守望孔雀河尽头的罗布水乡。碧水荡漾,驼铃叮当;云集贾商,使者相望。一滴干涸的眼泪可是罗布泊最后的祭献?一具干尸可是一个古国的背影?

塔里木河断续的弦子,独自在忧伤里流浪。"不破楼兰终不还"不是王昌龄的猜想,"愿将腰下剑,直为斩楼兰"仍是李白的梦想。

塔克拉玛干的嘶喊里,走过唐朝赴边的兵俑,砍伐与开垦搬运来沙漠,湮灭丝绸之路的明珠。留恋张望的红唇鹤,还在弥漫的幻影里哀鸣,西域古道上的

思想者的旅行

驼铃,洒满无尽的叹息。

今夜,我在梦中登高守望,胡曲悠扬。马蹄声响,是谁正策马追逐阳光? 哦,是楼兰王子,你可曾听见那伤感的千古绝唱? 你可曾看见那人生的苍凉?

仰问楼兰之月,为谁圆亮?

今夜,在梦中守望我的楼兰新娘,秋水盈盈,清风敞开衣裳。明眸似水雪山映,笑靥如春两相望。沙枣花五月甜又香,丛丛芦苇摇曳,对对野鸟飞翔。

我矢志不渝地守望,千万里的跋涉只为你的芬芳,化为大漠孤烟的最后一缕残阳。千里之外,谁的青衫轻扬,手携花香? 千年之后,谁的泪水打湿梦想?

废墟里注满坝的呜咽,酒囊和骨刀讲述着失火天堂的故事。贪婪的人类打开了世界最后的锦囊,所有的征服将是毁灭的谶言。黄沙漫漫,戈壁茫茫,孔雀河水仍默默流淌,朝着我魂牵梦萦的方向守望。天山脚下,谁的低唱飘到天上?

历史的荒漠里埋葬着最后一个匈奴,戈壁不再有鹰隼的翱翔。当汗血野马驰骋过夕阳尽处的山岗,草原上落下最后的风景。我以我永恒的方式守望,以三千年不朽的胡杨守望,以天山雪莲的圣洁守望,以丝路花雨的曼妙舞姿守望,以米兰秋季的绚烂守望,朝思你倜傥的模样,暮想你洁白的翅膀。

我摇摇头,知道自己在为一座废墟的背影守望。

我无怨无悔地守望,哪怕鬓云如霜,尽管鱼尾纹已悄悄爬上眉梢,一如既往,守望那亘古的乡音,哪怕更远更长。千年胡杨千年梦,一粒黄沙一粒光。

楼兰已是遥远的记忆,疯狂的胡杨留不下最后的呼吸。沙漠下森林的墓场,只剩下不再晶亮的骸骨,这是人类死亡之旅的启示。

行走在库尔勒

库尔勒，一座美丽的小城。

库尔勒是名副其实的大漠绿洲，是大漠边陲的小城。从乌鲁木齐到库尔勒，车行三百多公里，大多是沙漠，而从库尔勒再往南走，就进入了中国最大的沙漠——塔克拉玛干大沙漠。大漠总会给人无限遐想。那长河落日，那缕缕孤烟，那长空雁叫，那队队驼影，那线条起伏的山丘，那沙海深处的清泉，似乎总隐藏着无数秘密。

孔雀河，这是库尔勒令我最感动的一个细节。我怎么也不会想到，一条河会和一种美丽的鸟联系起来。虽然它也有传说，可是最先赋予其这个名字的人，他会拥有怎样的智慧呢？

一条河让一座边塞小城有了诗意，有了幻想，有了留恋。

要了解库尔勒、孔雀河，先让我讲述一个传说。

很久以前，古焉耆国国王的女儿左赫拉梦见沙漠里有一种瀚海梨，非常香甜。醒后，她非常想得到这种梨树。国王就说："谁能找来公主左赫拉要的梨树，我就赏给他五百个金币。"大臣的儿子塔依尔早就迷上了美丽的公主，为了找到梨树，塔依尔在沙漠中跋涉了很久，快要走不动时，一股香气扑鼻而来。就这样，塔依尔找到了公主梦见的瀚海梨。国王让塔依尔去领金币，塔依尔不要金币，要管理果园。他要亲手把这些小梨树栽活，让它结出甜美的果实。公主左赫拉经常到果园里帮助他给小梨树浇水、锄草、捉虫子。随着小梨树一天天长大，左赫拉和塔依尔的感情也日益加深。梨子成熟了，他俩的爱情也成熟了。

可是不幸的事情发生了。原来,瀚海梨生长在瀚海(塔克拉玛干沙漠)中一个游牧部落的领地内,部落的酋长知道这件事后非常恼怒,派人在铁门关的峡谷里杀死了塔依尔,将尸首扔进了河里。公主左赫拉知道后,痛不欲生,毅然从铁门关的河崖上跳了下去。在她纵身的那个瞬间,河里飞出了一对孔雀,在天空中盘旋了一圈后向东南方飞走了。公主死后,国王把她和塔依尔的遗物埋在铁门关的山崖上,并将左赫拉殉情的那条河称为孔雀河。后来,国王杀死了那个酋长及部落里的所有人,瀚海梨也在原产地消亡了。

另一个传说更加本土化。孔雀河在维吾尔族语中叫作昆其达里亚,昆其意为皮匠,达里亚意为河流,合起来就是皮匠河。传说很多年前,河流旁有个为牧民做皮子的皮匠小伙子,阿凡提式的人物和巴依家女儿的爱情故事。结果巴依设法害死了皮匠,女儿悲痛而死化为孔雀,沿着河飞走去找心上人。

我的身旁就是被库尔勒人称为母亲河的河流:孔雀河。站在它身边,我黯然神伤。

爱情、屠杀、殉情、复仇,我不喜欢这样的传说。我觉得孔雀河的得名一定会有一个特别的故事,优美、传神,带着诗一般的翅膀飞翔。

可是,谁也没有向我讲述这样的故事。

孔雀河是罕见的无支流水系,其唯一源头是博斯腾湖,从湖的西部溢出,流经库尔勒。

孔雀河穿过库尔勒城蜿蜒流淌。河水从不结冰,河面不是很宽,大概二十米的距离,对岸高楼林立。楼上的灯光星星点点,灯光倒映在河面上,像缀满星星的天幕。岸边几乎没有人,这条河现在只属于我。

像它的名字一样,孔雀河宛若一只孔雀,美丽、幽雅、宁静。我沿着河岸踱步,用心灵的梳子梳理这只孔雀的羽毛。夜晚的孔雀河比起白天要秀美很多,河水缓缓地流着,流出了韵律,水面被挤出一个个碎面,反映着周围的光亮和颜色,像孔雀展开的五彩的屏。水面有雾气,随着水流的节奏行走着,缥缈变幻。这水的源头是雪山融水,沁凉的寒气就在河上漾开,水汽中竟有一丝甘甜,沁人心脾。正是这水浇出了南疆一次次丰收,浇出了梨城一年年花开。走到一处下坡,河底人为此修了十数级宽阔的台阶,孔雀河一下子变得激动起来,雾气也荡得更高了。哗哗的声音在两岸间折返往来。这时,你便可欣赏到她的活泼贪玩。孔雀河不似小溪的孱弱,不似大江的狂暴,她把一个大漠中的城堡雕磨得精致娴雅,调教得玲珑可人。

孔雀河是注入罗布泊、滋养楼兰的一条重要水系,两千年前被誉为东方庞贝的楼兰古城因孔雀河和塔里木河的滋润而灿烂辉煌。今天,孔雀河在库尔勒市中心蜿蜒穿过,把一个具有现代品味的西部城市装点得颇具江南水乡的神韵。一条绵延三百多公里的孔雀河,滋养和见证了光彩夺目的古楼兰文明,接纳并创造了充满现代气息的西部石油名城,历史的沧桑与现代的文明围绕着一条河流展开了跨越时空的对话。

因为拥有一条河,库尔勒是幸运的。库尔勒是维吾尔语,意为眺望。河流让人有眺望的情结,"黄河远上白云间",向河流的源头眺望,就能永远怀着希望,从不失却生命的激情。

日本探险家渡边哲信写过一篇《在中亚古道上》的文章,他经过这里的时间是明治三十六年的八月中旬,也就是 1902 年秋天。他说:

> 沿天山山脉走了八天,到了一个叫库尔勒的地方。在此之前,山上完全没有树,河里是一些泥水,到了库尔勒,才第一次见到清澈的流水。那条河叫孔雀河。在焉耆那边有一个名叫博斯腾的大湖,这条河大约就是从那里流过来的。但是流入湖里的水量小而混浊,而孔雀河的水量却大,水也清,据说当地人自古以来就对此感到奇怪。这个地方的水质好,土质也好,盛产大米。

也许因为有了这条河流,库尔勒成为新疆第二大城市。库尔勒市坐落在天山南麓的新疆腹心地带——孔雀河三角洲上,位于天山南麓、塔里木盆地东北边缘,是南北疆的交通枢纽,是华夏第一州——巴音郭楞蒙古自治州的首府,塔里木石油勘探开发指挥部和兵团农二师师部所在地。这里因盛产香梨,又称为梨城,有着华夏第一州之称。古丝绸之路的中道就贯穿库尔勒境内。

库尔勒是一个让我感觉舒适的城市。在库尔勒的大街上行走,拂过脸上的每一缕风都清新温柔,飘下的每一片雪花都自由快乐,我的心境从未有过的平和,感觉自己似乎生于斯、长于斯,这里的风河草野是如此熟悉。

北国的冬天千里冰封,万里雪飘,许多河流都在冬日的冰层下沉睡,但不惧冬日严寒的孔雀河却焕发着勃勃生机,歌唱着穿城而过。我喜欢静候在结冰的河边,守望河水破冰而出的瞬间,那个瞬间可以让我看到力量。在故乡的时候,我常常站在河流边沉思:我们人类的精神是否可以和这些千百年来一直奔腾不息的河流相比?我们是否有着它们的坚强与执着?在我们人类经历各种困难的时候,是否也可以像那些勇敢的河流一样一直向前?

水鸟的鸣叫声把我从遐想中唤回了现实。我迎接了库尔勒的又一个清晨。一些晨练的人们开始从我的身边跑过,有老人有小孩也有年轻人。我看着他们,面带微笑。不知道为什么,在这个城市里,会有这么多发自内心的笑容。

风温柔地吹来,将我几缕头发轻轻吹起。我转过脸去,将手臂撑在孔雀河边精致的栅栏上,悠闲地看那些漂亮的水鸟在宽阔的孔雀河面上优美舞蹈,一些红白相间的楼房和穿上冬装的树木站在河畔对面的雪地上沉默地望着我。一轮新娘般娇羞的太阳也躲在对面高耸楼房的后面偷偷打量着我,最后,它终于在云伴娘的鼓励和怂恿下,朝我露出了红通通的笑脸。孔雀河唤醒沉睡的库尔勒,年复一年,它们这样相守、眺望,流淌,没有尽头,没有厌倦。

这样的忠实守候者不只是孔雀河,还有铁门关。

铁门关位于库尔勒市北郊,扼孔雀河上游陡峭峡谷的出口,曾是南北疆交通的天险要冲,古代丝绸之路中道咽喉。晋代在这里设关,因其险固,称铁门关,是中国古代二十六名关之一。谢彬《新疆游记》中有"两山夹峙,一线中通,路倚奇石,侧临深涧,水流澎湃,日夜有声,弯环曲折,时有大风,行者心戒"的记述。《水经注》中称铁门关所在的峡谷为铁门关,后人叫它遮留谷。西汉张骞衔命出使西域曾路经铁门关,班超也曾饮马于孔雀河,故而人们又称孔雀河为饮马河。史载,前凉杨宣部将张植进屯铁门关,击败焉耆王龙熙于遮留谷。唐代边塞诗人岑参登铁门关曾赋诗一首:"铁关天西涯,极目少行客。关旁一小吏,终日对石壁。桥跨千仞危,路盘两崖窄。试登西楼望,一望头欲白。"这首诗形象地描述了铁门关一夫当关、万夫莫开的险峻之势。铁门关自古以来就是兵家必争之地,关旁绝壁上还留有"襟山带河"四个隶书大字。如今关旁山坡上还留有古代屯兵的遗址。

我眼前的铁门关城楼显然是新修的。城墙灰色,门楼彩绘,上面有王震将军所题"铁门关"三个大字。门楼气势雄伟,但崭新的墙砖让铁门关失去了历史的沧桑感,让人无从想象当年金戈铁马、关河锁钥的气象,没法把门楼与战争联系起来。一进铁门关,感觉突然变了。左边是壁立万仞的高山,乱石坍塌一地,右边是一条清幽的小河,河道里长满了茂密的植物。左边立有一块石碑,上面刻着"丝绸古道",在高一点的坡上摆放着一块大石头,上面刻着"铁门关遗址"。瞬间,我的眼睛一亮,精神亢奋起来。一种不可捉摸、不可言传的感觉引着我穿越时空隧道,与古人交流,看关河山下,天地悠悠。

像新疆的许多城市一样,库尔勒也有清真寺。位于老城的大清真寺是1987年重建的。百年的古榆树后是迎街的高大门楼,星月的标志高悬在二十五米高的门楼上。据说它的门楼比喀什的大清真寺还要高大,七层的门楼与周围是一色的土黄。其整体规模宏伟,宽敞整洁,装饰华丽,建筑风格以拼砖为主,据说砖块就有三十六种拼法,远远多于喀什的二十四种拼法。不管怎样数,我都无法分辨这三十六种拼法。门楼上每层都有若干房间,是供阿訇、大毛拉等人休憩之用的。主殿堂和院内据说可容纳七千人同时做礼拜。我想,像孔雀河、铁门关一样,伊斯兰教也是库尔勒的守护神吧!

尝到了香甜酥脆的库尔勒香梨。库尔勒的香梨在维语中叫奶西姆提,古时曾被印度人称为中国王子,据说《西游记》中的猪八戒偷吃的人参果便是香梨的演绎。这种梨的大小、形状和我家乡的梨无异,但颜色很特别,果皮黄绿中带点红晕,煞是可爱,吃起来,果肉细腻,好像入口就能消融,满嘴都是甜甜的汁液,怪不得在国内果品评比中,库尔勒的香梨曾多次夺魁,被称为果中之王,在全世界一千多种梨子的国际评选中也获得了梨后的称号。拥有着长久的日照和甘甜的河水的库尔勒,如今的香梨园已从孔雀河边一直伸延到了塔里木河最下游的沙漠边缘。库尔勒绿洲已成为百梨争雄的王国。

在我的意识里,孔雀河流淌着生命的气息。我不知道孔雀河的归宿在哪里,也许汇入第一内陆河塔里木河,也许悄然消失于戈壁大漠。可它拥有过流淌的意义,它哺育了一个城市。在新疆,像库尔勒一样拥有一条穿城而过的河流的城市是极为罕见的。

如今,库尔勒已经成为一个高楼林立的现代化城市,早已不需要铁门关的守护,但坐落在峡谷险隘中的铁门关城楼,仍然静默而又孤寂地行使着自己的职责,守望着从晋代以来就护卫的山河。

孔雀河从铁门关城楼旁奔流而过,它缓缓地说,守护只是因为习惯,不是因为需要。

在轮台与胡杨约会

喜欢胡杨源于维吾尔族人对它的赞美:"生而不死一千年,死而不倒一千年,倒而不朽一千年。"

一千是一个不大不小的数字,可是对于生命而言,那就是个天文数字了。

那棵被称为胡杨王的巨树高耸于众树之上,树干粗壮,四个人手牵手才能勉强合围,据专家从脱落的旁枝测算,这棵树的树龄至少也有三千二百年。

三千二百年,人类要繁衍多少代,才可以达到这个数字呢?

轮台这个名字给人一种宿命的感觉。看过介绍,一点也不沾边。然而当我在轮台发现了那些上千年的胡杨时,我便得意于自己悟出了这名字里的玄机。在我看来,胡杨那遍身的神秘纹络在向我暗示着生命的轮回。我甚至觉得,轮台的胡杨树之所以活到现在,是为了完成与我在今天的约会,不然此刻我怎么会在这里? 在这荒无人烟的大漠深处,在这四顾茫然的宇宙尽头,我仿佛来到了天地初创的洪荒之中,生命无限延长。我竟又产生了一个念头:倘若死后能托生,我愿是一棵胡杨,生长在轮台这个地方。

轮台静卧于新疆腹地的天山南坡,头枕山巅,背靠绿野,脚踏塔里木河。公元前 60 年,西汉政权就在此设立西域都护府,统摄天山南北,轮台由此得名。自古以来,轮台就是古丝绸之路的中心。

唐诗中多有写到轮台。岑参的名句"北风卷地白草折,胡天八月即飞雪。忽如一夜春风来,千树万树梨花开"写的就是轮台奇异的雪景。"轮台风物异,地是古单于。""轮台万里地,无事历三年。""轮台东门送君去,去时雪满天山

139

路。""何处轮台声怨?"轮台逐渐成了边塞的代名词,它距当时政治、经济、文化中心的中原地区千万里之遥,成了闺中少妇梦中的风景。只是她们的梦里也许只有冰寒,只有孤雁,怎么可能有这胡杨和大漠的壮丽?到了宋朝的陆游,躺在绍兴老家的村庄里,吟咏"尚思为国戍轮台",梦想乘着铁骑踏过冰河向北方挺进。

此时,伫立在这历代强君猛将梦想征服的土地上,我被眼前的胡杨征服。

旅游车穿过一段荒漠,植被渐次丰茂,胡杨由稀疏渐渐密集,然后变成目光无法穿透的浩大森林。惊喜中,我又看到一棵巨型胡杨,比刚才那棵胡杨王还要粗大,树干得五个人才能合围,只是这棵树已没有了胡杨王的枝繁叶茂,树冠已呈秃裸,但强劲的虬干仍高指蓝天,像只只肌肉饱绽的青铜手臂。它雕塑般的质地让我震撼,即使是一棵走向颓败的老树,给人展示的仍然是饱经沧桑的力与美。和这棵千年老树相距不远的另一棵完全枯死的树,人们称之为重生胡杨。这棵树的主干经风吹沙打,树皮斑驳,裸露的树干如白骨般扎眼,让人联想到恐龙的遗骸。但就在这一堆"白骨遗骸"之下,新生的枝条却蓬勃而出,苗壮而生机盎然,在同一棵树上演绎着生与死的对立与承继的故事,死而复生,生而复死,多么残酷,又多么自然。

据说胡杨起源古老,它的祖先可以追溯到亿万年前的上白垩纪。到了中新世,胡杨的家族到达了天山盆地。在库车克孜尔千佛洞和敦煌铁匠沟的第三纪古新世地层中发现的胡杨化石,距今已有六千五百万年的历史。它和银杏一样,有植物界的活化石之称。其形态与我们今天看到的胡杨的样子毫无差别。和胡杨的历史比起来,人类不过是自然长河中一支小小的支流,而人事变迁、朝代兴替也只是瞬间消逝的浪花。

时值晚秋,南疆大地已经看不到多少绿色,但对于看胡杨美景的旅人来说,这却是个最好的时节。

漫步于胡杨林公园内,道路两边满目沧桑,胡杨高大粗壮的身躯或弯曲倒伏,或仰天长啸,或静默无语,或豪气万丈。游人至此,除了赞叹、高歌抑或沉默,还有就是对生命无限的敬仰。

胡杨秀丽的风姿或倒影水中,或屹立于大漠,尽显生命的灿烂辉煌。在狂风飘雪的冬季,胡杨不屈的身影身披银装,令人由衷地佩服这茫茫大漠中的英雄。难怪有人不由得发出"不到轮台,不知胡杨之壮美;不看胡杨,不知生命之辉煌"的感慨。

金色的胡杨林将秋色渲染到了极致。这片丛林的所有树叶都像被金红或橙黄的油彩浸泡过，无数的金红和橙黄汇在一起，就形成了一片浮光耀金的海，"霜叶红于二月花"用在这里显得过于纤巧，它的光色对人的视觉冲击是语言难以表达的。

震撼之余，我不禁自问，为什么是胡杨？是大漠选择了胡杨，还是胡杨崇拜着大漠？

胡杨虽然属于杨柳科、杨属的植物，但它完全不同于扶风弱柳，其形态与其他杨柳相比真是刚柔有别，阴阳两极。成年的胡杨树高达十多米，树干粗大，足可数人合抱。树皮纵裂，呈灰白或灰褐色，树冠华盖如伞，呈灰绿色，雄伟高大，千姿百态，结伴而行，同生同存，连片群立于大漠戈壁之上，留下古劲、沧桑和雄壮。

维吾尔语称胡杨为托克拉克，是美丽的树的意思。我想，这美丽不只是赞美它高大奇伟的形象，更是颂扬它顽强的精神、生命的智慧。这种树是唯一能在干旱沙漠环境中形成森林的乔木树种，它有着惊人的抗干旱、御风沙、耐盐碱的能力，生存繁衍于沙漠之中，因此就像被上帝选中的人。胡杨被大漠选中，担负着于死地衍生的使命，但胡杨又只能在温带荒漠气候和沙壤的条件下繁衍生长。全世界百分之九十的胡杨都生长在塔里木，只有在这个地方，它们才能结成壮阔的阵营，长出强悍而豪迈的气派。在胡杨林公园，多数树木的树龄都在百年以上，千年古木比比皆是。这也是胡杨为什么选择了塔里木盆地的大漠，它一定也是在迷茫中寻觅摸索了千山万水才找到了它的上帝，然后拜服在他的脚下，从此扎根大漠，演绎着"生生死死三千年"的英雄传说。

清人宋伯鲁曾为胡杨赋诗一首，名曰《胡桐行》：

> 君不见额林之北古道旁，
> 胡桐万树连天长。
> 交柯接叶万灵藏，
> 掀天踔地分低昂。
> 矮如龙蛇欻变化，
> 蹲如熊虎踞高岗，
> 嬉如神狐掉九尾，
> 狞如药叉牙爪张。

从侏罗纪的黑林子往东，就进入到一片更为怪诞的树林。这片景点的名称叫怪树林,这里的胡杨有不少是倒伏的,还有一些半倒伏者,与遍地横陈的枯木朽株错综在一起,如同一片烽烟狼藉的古战场。成片的胡杨树看上去极像刚经过一场鏖战的将士,残肢断臂,伤痕累累,这是充满雄性气息的胡杨群塑。在这里,在这静止中,你会觉得死亡竟是如此壮美,你甚至感到看到的竟是重生,是前世的雄浑气魄和来生的生命涌动。

举目四望,在这浩瀚的林海里,还散落着一丛丛红柳、梭梭、白杨、榆树等乔木和灌木。它们不知能陪伴这胡杨多少个日出月落,而胡杨大概也并不需要任何的陪伴,它喜欢在大漠中坚守最孤独最永恒的守候。

我告别一棵流泪的胡杨树,向胡杨林的深处走去。

一棵棵峥嵘的古树桩稀稀拉拉地出现在眼前。有的已完全枯死,有的是枯木逢春,有的正葱茏茂盛。有的竖立着,有的横陈在地上,有的腐朽如泥土。路边的一棵巨木,树冠蔽日,从枝干处流淌着血一样红的泪液,染红了土地。小胡杨细嫩柔软,若无数子孙刚刚上路,前仆后继地奔向遥远的历史进程。

咫尺之间,浓缩了千古的生命现象。这难道只是一种树?

我缓缓举臂,向一棵棵胡杨致敬。

思想者的旅行

沙漠里的穿越

在茫茫的大漠瀚海里，人的生命是太渺小、太微不足道了，如同一粒细沙。然而，从古到今，一直不乏勇敢的男儿义无反顾地走入沙漠这片死亡之海。是什么力量牵引着他们的脚步？是怎样的梦想鼓起他们的勇气？

穿越沙漠，尽管这只是一次旅行，也足以让我的胸膛激荡着一种英雄的豪气。

现在穿越沙漠，有宽阔的公路，没有迷路和露宿的风险，不免令人"英雄气短"，但多少也让人安心。

轮南西气东输首站不远，有一座现代材料做成的纪念碑，此碑是为沙漠公路而立的。抽象的雕塑形式是一种艺术联想，普通人只有通过图解才会大概明白艺术家的构思。碑座上有文字记载：塔里木沙漠公路，全长五百二十二公里，是全世界在流动沙漠中修筑的一条最长的公路。

这里便是沙漠公路的起点。

此刻，我坐在旅游巴士上，眼前的公路似乎是从天而降的一条玄色长带，镶嵌在褐黄色的沙漠上。

窗外是亮得刺眼的一望无际的沙漠，长空万里无风无云，远望，似乎热浪在沙上翻腾，分不清哪里是沙丘，哪里是气浪。真不敢想象，人行其中，能坚持几分钟而不晕厥。车内，人们恹恹欲睡，启程时的惊喜和好奇现在已经无迹可寻。确实，风景太单调了，除了沙还是沙，望不到头的沙。大家都闭上眼休息，只有司机一个人戴着墨镜继续开他的车。

听导游介绍,这条公路是 1995 年才建成的,前人也曾多次尝试,都失败了。最早是 1917 年,新疆督办曾计划修一条从和田到库车的公路,最终也只是梦一场。20 世纪 40 年代,当地政府曾在大漠的南缘筑路,采用铺压树枝和芦苇的方法作为路基,但经不住车辆碾轧和风沙侵蚀,沙漠道路千疮百孔,终被风沙阻隔。20 世纪 50 年代后,在沙漠南缘修筑砾石路,或铺熟砖路面,也难抵挡碱层翻浆,沙漠段仍是难以畅通。直到 1995 年,这条穿越南北的塔克拉玛干的沙漠公路终于修成。

此刻,巴士正以每小时一百公里的速度驰骋于这条路上,真难以想象,前人是如何凭借着骆驼、牛马、毛驴穿越这片沙漠的。我不由自主地发出"天地悠悠,前不见古人,后不见来者"的感喟。

塔克拉玛干大沙漠自古以来就是生命的禁区。所谓的内陆距离海洋最远,气候最干旱,植被最少,沙丘类型最复杂,流动性最强,流动沙面积最大,流沙层最厚,沙粒最细,堪称世界八大之最。从汉代开始,曾有五条穿越塔克拉玛干大沙漠的道路。它们都是前人用生命去探寻、去尝试,是一代又一代勇敢的人、聪明的人摸索出来的生命之路。这五条穿越大沙漠的古道,除和田河古道因有河水相伴仍有人涉足外,其余几条古道早已被埋没在漫无边际的沙漠中了。不知有多少白骨掩埋其中,不知有多少丝绸风化在沙碛里。唐代边塞诗人岑参在《过碛》诗中吟咏道:

> 黄沙碛里客行迷,四望云天直下低。
>
> 为言地尽天还尽,行到安西更向西。

黄沙碛里曾走失了多少行人,他们举目四望,唯见天连沙,沙连天,没有任何标志,唯见无数的沙垄、沙山,每一个似乎都潜伏着险恶的魔鬼。几个月的行走,拿什么去慰藉那颗"行到安西更向西"的无望无助的心?

行进在沙漠公路上,满眼是黄澄澄的沙丘。通常的情景是,我还来不及抬头,无垠的沙漠已落在我的身后,眼前还有望不到头的黄沙。我有时就疑惑着:我会不会变成一粒沙子,埋没于这无边的黄沙中?

我眼前的黛色公路笔直地伸向远处,伸向塔克拉玛干的腹地,像一支射出的利箭一样不会回头。路边的隔离带很宽,栽培着和尚百衲衣似的畦状芦草,像千军万马执戟而立,抵御着流沙的侵袭。防线有沙漠侵蚀的残垣,有极个别的芦草奇迹般复活,向强大无比的敌营举起了冲锋的绿色小旗子。护卫两侧的隔离带在风沙甚至沙暴的进逼中,一直伴随着人类黛色的供给线指向大漠的心脏。

这让我想到秦驰道、长城、运河等古代的创造物,似乎都像是在大自然的胸部写下的一个"人"字。人类在沙漠的领土上画了一条五百多公里长的丝线,再布下一道天罗地网,来播撒生命的火种,这是前所未有的伟大创举。这当是塔克拉玛干大沙漠的现代新景观。

进入一片开阔地带,是胡杨林的胜景,林间的大河无疑是塔里木河了。有了河流和绿树,就有了人烟。这里是地图上标示的肖塘,有一个村子的规模。棉田里正在收获,高耸的棉堆仿佛幢幢建筑。路边就是瓜田,维族老人、妇女和孩子守在瓜摊旁,硕大的哈密瓜一元一个,香甜黏面。我们一行七八个人没吃完两个。路边壕沟里倒满了腐烂的哈密瓜,让我觉得可惜。在沙漠里,什么都会让人觉得珍贵。

刚刚在叹息大漠的干燥、胡杨的枯死,眼下却说前边的公路被洪水冲断了,得沿着临时浮桥排队过河,人也要下车步行通过。走在晃晃悠悠的浮桥上,看见一辆面包车早已陷入水里。这里几乎常年无雨,哪来的洪水?是游移不定的塔里木河的某条支流改变流向,在平坦的大漠上漫游,如同不速之客光临这里?我们是该自认倒霉还是该庆幸呢?

沙漠里的呼吸对我来说是一件难事。我背负着十公斤的水,走一阵便要停下来喝上一口,然后大口呼吸。

在沙漠的世界里遇到一片汪洋水域,我的心也湿润了。

再往大漠深处行驶,水和绿色退却了,一切生物都消失了,高高低低的沙丘变幻着异样又似乎同样的形状。天空没有一丝云彩,坦然地俯瞰着毫无表情的广漠。

我们进入了唐朝丝路图上的图伦碛,也就是塔克拉玛干大沙漠的腹地。

塔克拉玛干是进去出不来或被遗弃的地方的意思。可谁能想象,这里在远古时候是一片海,汪洋波涛,林木茂盛,曾经温暖湿润,多种包括恐龙在内的动物在此栖息。沧海桑田,眼前波浪般起伏的沙丘仿佛是对昔日那片海的旧梦重温,可惜那是凝固了的死亡的风景,就连当年动物世界的霸主恐龙,都已化为古老的化石!

丝绸之路南、北两线之间,这漫无边际的沙漠就是唐朝的图伦碛。它东临罗布泊的蒲昌海,西达疏勒绿洲,比日本的总面积小不了多少。图伦碛的可怕处,一是极端干旱缺水;二是风卷流沙,终年不止。这里有古楼兰的遗址。在蒲昌海与阳关之间是一片砾石遍地的戈壁滩,地面上有几十米高的方山、土柱和岩塔,沟谷中堆积着流沙,因情形弯曲如龙,被称为白龙堆。当时的情形就像唐代诗人常建所说的:

北海阴风动地来,明君祠上望龙堆。

骷髅皆是长城卒,日暮沙场飞作灰。

岑参途经图伦碛时,看到艰难的道路上荒无人烟的悲凉景色,写过一首《碛中行》:

走马西来欲到天,辞家见月两回圆。

今夜不知宿何处,平沙万里绝人烟。

在西行的路上,岑参偶尔遇到了返回长安的使者,不禁一阵欣喜,遂吟咏道:"故园东望路漫漫,双袖龙钟泪不干。马上相逢无纸笔,凭君传语报平安。"也只有置身于图伦碛这样的荒漠中,你才能真正体会途中遇到一个人的欣喜,你也才能体会诗人对家人的思念是在漫漫长路上渐行渐远渐无穷的。把平安的消息带回家,这是多少西行沙漠的旅人最难得也最重要的一件事啊!

这里是丝绸之路的必经之地。汉武帝时,先有张骞的探险,后有李广利的武力征伐,为了得到大宛的汗血马,为使西域各国臣服,汉廷几番遣使,几次出兵,终以惨重的代价赢得了短暂的胜利,也为后世留下了这条重要的丝绸之路。后世又有多少商旅、僧侣、探险者包括勘探者,葬身于这无边无际的茫茫大漠之中,偶尔可以见到的人马残骸在诉说着大漠的险恶。一百年前,瑞典探险家斯文赫定等冒险闯入这片沙海,能死里逃生也算是他们的幸运了。血肉之躯的人在沙海里实在是脆弱的。听说过一个故事,一个从戈壁监狱里逃出来的犯人,为走出沙漠,费尽心机,最终备好了一车南瓜,一边走一边用南瓜充饥,若干天后走出了戈壁滩,却又选择自首回到了监狱。

这片死亡之海却埋藏着丰富的佛教历史遗产,它是人类文明的地下资料宝库。到了 20 至 21 世纪,这里又发现了人类所急需的能源宝藏。它既充满了奇异辉煌的古老文明,又开创出雄壮伟丽的现代文明,磁石般吸引着探险者、开拓者和观光旅游的人们。

凶险而又瑰丽,广袤而又神秘,沙漠吞噬了涉足自己地盘的入侵者,又引诱着人类去揭开它的神秘面纱。人类因一种征服的欲望挺进沙漠,也揣摩着沙漠的脾性,认识它、征服它,也认识自我、战胜自我。人与沙漠的关系是复杂的,行进在流沙中的世界上最长的公路上,我思绪翻涌。

日落时分,我们沿沙漠公路走到了塔克拉玛干的腹地。高入天穹的熊熊火炬在招手,塔中油田作业区的灯火在眨眼睛,这方圆数百里广漠天地中的明珠一下子擦亮了我们的目光。

高悬的明月似乎在说,你仍然没有走出月光下的人间。

昨晚,穿越数百里没有生命迹象的沙漠,终于抵达这片小小的邮票一般大小的绿洲。

位于塔克拉玛干腹地的塔中,比起古往今来的瀚海故事都要精彩得多。它是一朵沙漠中的花朵,但很少有人知道它的盛开。在浩瀚的大沙漠中满载而归的当数今天的这一群年轻人。

临近塔中作业区,公路边由干芦草结成的隔离带变成了绿化带,婆娑的沙柳在静静滴灌着奶汁。水源在深不可测的沙海底层,水真是比油还贵呢!也有年轻男女在路边漫步,在这生命禁区的一点间隙播种爱情。

清晨,拉开窗帘,趴在窗口静静地观察着周围的情景。对面沙丘上,一片明丽而迷蒙的光亮渐渐由白变粉变红,露出了太阳新鲜的面孔,有如美女体态的沙丘,柔和安谧,在光线下呈现出湿漉漉的淡绿色。随着光线的炽热,像有一只无形的手,不动声色地剥离着它浅黄到紫褐色的霓裳。背向阳光的一面是微暗的,如波谷浪山伸展到远处去。靠近地平线的天际呈灰白色,高远的天空一派瓦蓝。云彩一丝一缕似有似无,显得有点吝啬。空气清新,甚至有些凛冽,庭院中的绿树静若处子,一动也不动。周围的一切都像是屏住了呼吸,在分娩新的一天。

渐渐听到了脚步声,紧接着是发动汽车的声音。着橘红色工衣的青年男女匆匆走过院落,有的手里拿着纸张,一派忙碌的现代办公大厅的景象。服务员开始拖地、揩栏杆、浇花草,哼着流行歌曲。三三两两的工具车出发了,或是去处理厂,或是去采油站。

夜宿塔中,室内和作业区的情景让我感觉不到是身临大漠的死亡禁区,而像是在都市酒店一样。细想,方圆千里的大沙漠是没有多少个人的,我们下榻的地方无异于月球上的观测站。月光柔和地照着这广漠的沙海,塔中这一绿色的小点,旺盛的生命正在进入梦乡。

是的,我看见了在沙漠里工作着的人们。我敬仰他们,他们才是真正的英雄。而我的所谓穿越,在浩瀚的沙漠面前,不过是昙花一现。

在月光下,我的心终于获得了宁静。梦里,隐约传来驼铃声,遥远的铃声将我搁浅于一片空旷的戈壁。我要不停地跋涉,因为我是沙漠里的一粒沙。

品味韶关

我没有想到丝绸之路还有海上的一条路,我更没有想到韶关会和丝绸之路扯上关系。于是在这个秋天,我来到韶关。

韶关的得名弥漫着悠远历史的烟尘。相传舜帝巡奏韶乐于城北三十公里处的石峰群中,该处的三十六石块后来统称为韶石山。南朝梁、陈两代在今市境内设置两州(衡州、东衡州)。隋代开皇九年(589)改东衡州为韶州,取州北的韶石山的韶字为名。到明嘉靖二十六年(1547)于河西武水边开设税关,名为遇仙桥关。清康熙九年(1670)又将南雄的太平关迁至东河浈水边,并在北门外增设旱关,统称三关,韶关之名即由此而得。

车过南岭,秋的味道变得淡了。远山淡黛,近树疏黄。田野里,春苗夏禾已经收割,裸露的泥土残留着秸秆的短茬,有即将收藏蛰伏的虫子。田垄上走着荷锄的农人。在落日余晖的柔情注视下,土地裸露地、起伏地、温柔地在山坳里安处。

我没想到,韶关会以这样诗意的田园风光迎接我,仿佛在提醒我欣赏它从悠远的历史深处一路走来的淡定从容。

像中原许多地方一样,韶关也有早期人类活动的遗迹,是早期智人马坝人的故乡。舜帝曾经南巡至此,登韶石山而奏韶乐,不知孔子在齐听到苌弘演奏的韶乐是不是从这里继承的,令夫子"三月不知肉味"的韶乐,也许曾使韶石山上的山石为之动容。望着两边的山脉,心灵沐浴在一种幻想的美妙旋律中。

莽山以南是绵延起伏的山岭。岭间有一关隘,始通于秦汉。后来,经唐代名相韶关人张九龄进一步开凿扩展，这就是后来海上丝绸之路连接长江、珠江水系陆路最短的交通要道——梅岭古道。听说冬春之际，驿道两旁的山岭，漫山遍野盛开梅花，可惜我无福领略这样的美景了。

韶关位于广东省北部，北界湖南，东邻江西，中原南通，必须经过韶关，于是有了梅岭古道，而古道又最终成就了韶关的历史地位，"三省通衢"名副其实。这从它名称的变更也可见一斑。韶关之韶取自丹霞名山韶石山，隋时称韶州，明清之际，在今韶关市区先后设立水陆三个税关收税，始有韶关之名。

曾被誉为中国南北贸易黄金通道的梅关古道，作为"南北咽喉，京华屏障"，也是历代兵家必争之地。

梅关古道现在是全国保存得最完整的古驿道。古道上铺筑着鹅卵石，走在上面，享受着清冷的滋味，想起了陆游那首著名的《咏梅》："驿外断桥边，寂寞开无主。已是黄昏独自愁，更著风和雨。无意苦争春，一任群芳妒。零落成泥碾作尘，只有香如故。"想象着梅花绽放时古驿道上晨起的征铎声，悬想那梅花与古道孤独淡然的品相，那是至高的禅意啊！

这梅关古道上，不知走过多少贩夫走卒、文人骚客乃至英雄豪杰，发生过多少瑰丽而沧桑的故事，但斗转星移，斯人已逝，唯有这梅树、这古道依然沉默地守在这里，也许寂寞，却也"香如故"。这里曾是岭南举子上京赶考的必经之地。来到梅关古道，重走当年举子所走的崎岖山路，想象着那些文弱书生在风雪中翻山越岭，"驿骑声喧惊客梦，书生步急碎霜天"。为了"金榜题名天下知"，十年寒窗苦，不只是寂寞苦读，更要翻山越岭，长途跋涉，赴京赶考。一去数年，多少举子或因行程凶险，或因贫病交加，死在上京的路上，"壮志未酬身先死"，怎不使人泪沾襟？

梅岭还与陈毅元帅有关。梅岭三年是陈毅最为艰苦卓绝的三年，《梅岭三章》便是他被困梅山，自料难免牺牲的情况下写成的一组带有绝笔性质的诗篇。"此去泉台招旧部，十万旌旗斩阎罗。""后死诸君多努力，捷报飞来当纸钱。"每每读起，诗中那种超越生死、舍生取义的豪迈气魄都让我为之肃然起敬。半山的陈毅隐蔽处林莽繁茂，茅草丛生，依稀可感当年的艰苦与凶险。

登上梅岭，站在"一脚踏两省"的地界上，看古道向南北两边蜿蜒而下，云烟弥漫，千年的风云宛若凝聚于此，不由得轻轻一声叹息。

距梅关古道二十公里，便是珠玑古巷。主人邀请我去珠玑古巷寻根拜祖。千年前的古巷实在符合我的性情。

珠玑古巷是广东仅有的保存完好的宋代古巷古道，有"广东第一巷"之誉。

据史书和地方志记载,珠玑巷有近千年的历史。古巷全长一千五百多米,路面宽四米多,用鹅卵石铺砌而成。漫步其中,瞻望至今仍保持着原貌的古建筑遗址,不同朝代的古楼、古塔,盘根错节像一把绿色巨伞的榕树,心一下子安静下来。清凉的风吹过,空气里有点尘土的味道,岁月的沧桑在风中流荡。古巷中的元代实心石塔有一层楼高,立于古井之上,七层八角,名叫胡妃塔,听说是为了纪念南宋度宗皇帝的妃子而建。当初,胡妃被奸相贾似道所害,不得已逃出宫廷,被珠玑巷富商黄贮万所救,遂下嫁于他,后被家仆告发,朝廷派兵围剿,珠玑巷居民只得纷纷南逃,胡妃为不殃及珠玑巷乡亲,只得悲愤投井,后人就在井上建一石塔纪念她。

脚下是那饱受了千年风霜的鹅卵石一颗又一颗,石缝间是现在的尘土,走在上面需低头择步;千年来的岁月沧桑似乎从脚下传递到心底,思绪不由自主地飞翔到遥远的唐宋。孤陋寡闻的我们谁也想不出此巷曾经的繁华。

珠玑古巷曾是古代中原和江南通往岭南的必经之地,土地肥沃,山青水碧,交通便利,南来北往的人们多在此停留。明朝黄公辅描述这里:"长亭去路是珠玑,此日观风感黍离。编户村中人集处,摩肩道上马交驰。"(《过沙水珠玑村诗》)而今,看那狭窄斑驳的巷道,那被岁月浸渍的祠堂老屋,还有那香火袅绕的祖宗牌位,眼前匆匆而过的游客,竟有些恍惚,沉默的古巷见证过韶关的盛衰,经历过千年的风霜,如今只能迎来一次又一次的观赏。一声叹息为了古巷。

车进市区,又是另一番车水马龙、霓虹闪烁的景象了。

浈江、武江、北江从城中贯穿而过,在市区,我更多的是滞留在江边,聆听江水拍打堤岸的千古心声。

浈江区东堤路邻近,具有南方特色、风格别致的旧建筑鳞次栉比,有风采楼、曲江园、大成殿,有道教古观太傅庙、广式建筑群广富新街、濂溪书院、广州会馆旧址、三座基督教礼拜堂等,明清至民国的古建筑建成一片,现在依然保存得比较完整。历史上,这里曾是华南最繁荣的商贸街之一。古往今来,南北文化、物流交会于此,沿浈江上游,北跨珠玑巷、梅关,入赣江、长江水系,再过京杭大运河,可交融中原文化等。沿浈江下游,南连北江、珠江、广州、海上丝绸之路,可吸纳岭南百越、海洋文明。

江面上有一条小船。我止步观望,渐渐看清是一男一女在捕鱼。男的摇橹,女的拉网,看不清他们的容貌、衣着,只见轮廓清晰的剪影。面前波光粼粼,身后熙熙攘攘,城市已经开始一天的脉动。勤劳的韶关人正在撰写着城市的华章。

海上丝绸之路的开辟影响了韶关的经济生活和文化风貌。古越人善水和使用舟楫,《越绝书》称其"以船为车,经楫为马,往若飘风,去则难从"。《汉书·地理志》记载了汉武帝以黄金和丝织物,交易明珠、璧、琉璃和奇石异珍,表明了海上丝绸之路已开通,并开始影响岭南的经济、文化。随着贸易的发展,南北朝时期,域外一些高僧浮海而来,先后在广州、韶关等地创建了我国最早的一批寺院,佛教文化由此得以在岭南首先传播。现存的广州光孝寺、西来初地、韶关南华寺等成为这一时期海上丝绸之路的历史见证。明清海上丝绸之路鼎盛,西方近现代科技文化也因此传播,并整合为区域文化的一部分,深刻地影响了当地历史进程和社会经济发展水平,使韶关等地有了海洋商业文化色彩。

晨曦中,城市还没有热闹起来,江边已经有晨练的老人。三三两两地漫步,或打太极。枝叶婆娑的大榕树下坐着几个老头在闲聊,走过他们身边,听到完全陌生的话语,让我感觉似乎穿越到了一个古朴的村落。迎面走来的一个老人携来一阵播音,我猜是早间的粤语新闻吧。

北江横陈眼前,浩浩汤汤,流不尽千古风流、万世繁华。

韶州商业的繁荣是在宋代。在韶州转运集散的北货有丝绸、棉花、茶叶、烟丝、瓷器等,南货有广盐、铜、铁、锡制品、香药、百货、岭南特产等。至明清时期,韶州的旅栈业、银楼业、中药行业、烟草行业、布匹行业、典当业、米行业、盐行业、运输业等颇为兴旺,这一时期在韶州城内和城郊先后建了九大贸易市场。各地商人来韶经商频繁,"舟车辐辏,踵接肩摩"。尤其是清嘉庆二十二年(1817),清政府实行海禁后,广州成为唯一的通商口岸,南北货物和国外进口商品大都运来韶州转运集散。湘赣、江浙、闽南和广州各地客商,纷纷来韶经商,先后在韶州设立一批商业会馆。

海上丝路不仅带动了中外经济和贸易的发展,也让韶关迎来了文化的繁荣。佛教在东汉明帝永平十年(67)由海上丝绸之路经交趾合浦港传入岭南。南朝(527),禅宗始祖达摩泛海抵广州创建西来庵,其登陆点曰西来初地(唐道宣《续高僧传》)。南朝宋文帝元嘉初年(424),天竺僧求那跋摩来南海,后取道始兴县入京。梁武帝初,天竺僧智药三藏创建南华寺。禅宗最初由达摩带入,到六祖慧能逐渐消化成本土禅宗,在这个过程中,中国奠定了自己的派系,南华寺成了中国禅宗发祥地。明万历十一年(1583)意大利耶稣会教士利玛窦从澳门进入岭南传教,开启西方宗教在我国内地传播之先河,并传播了文艺复兴时代以来西方的科技文化知识,深刻地影响了当地历史进程和社会经济发展水平,使韶关有了海洋商业的文化色彩。

唐开元四年(716)冬,祖籍韶关(时为韶州曲江)的左拾遗张九龄(世称张曲江)监督开凿新路,命道旁多植梅树,故又名梅岭。在江西、广东两省边境,一向为岭南、岭北的交通咽喉。在韶关人的眼里,没有张九龄奉诏开凿新道,就没有兴盛的珠江三角洲。它的划时代意义在于拉近了南北之间的距离,在岭北水路和岭南海运之间有了陆上连接点,结束了中原人对水路进岭南的依赖,使进入岭南地区快捷方便了许多。岭南经济文化的重心迅速地从偏远的西部山区移到了东南沿海,结束了珠江三角洲蛮荒的历史,推动了海上丝绸之路的形成。

海上丝绸之路带来的文化碰撞交融,佛教、基督教的传播,彰显出韶关文化具有趋于整合的特性,具有文化更新、与时俱进的面貌。具有这种文化的韶关人,有奋斗的精神和自立的能力,不怯懦;有坚强的意志和临危不惧的勇气,不琐碎;有开阔的胸怀和眼光,进取、坚毅、大度是红三角文化中的一支主力军。

在韶关的江边,我想起了慧能大师。常人很少知道他与孔子、老子一起并列为东方三圣人,是中国历史上有重大影响的思想家之一,其哲理和智慧仍为今人敬仰。他以见性成佛为宗旨,提倡不立文字,弘扬顿悟,以传统文化的精髓结合禅宗教义的秘籍,形成中国佛教禅宗的南宗。

"菩提本无树,明镜亦非台。本来无一物,何处惹尘埃。"这是慧能大师的偈语。他的后半生是在广东岭南一带度过的。韶关在常人看来应是闹市之地,但我却从中看到了慧能大师所悟出的禅意。

海上丝绸之路从韶关经过,不仅造就了古代韶关经济和文化的繁荣,更为它的今天带来欣欣向荣的气象。

拜访泉州

知道泉州是最近的事情，之前我对它一无所知。

如果有人说厦门、福州、烟台、上海等任何一个沿海城市是海上丝绸之路的起点，我都不会惊讶，唯独泉州，不在其列。

如果西安、北京、开封、洛阳、南京甚至杭州、济南等任何一个古老城市成为2013年东亚文化之都的唯一入选者，我也不会惊讶，可是偏偏是泉州，不能不令我更加疑惑不解。

上网搜一搜才发现，泉州真是被我忽视也被很多人忽视了的一个古老城市。

谁能想到，在13世纪，泉州是与敦煌齐名的另一个辉煌城市？泉州是中国古代海上丝绸之路的起点城市，宋元时期被誉为东方第一大港，是最早放眼看世界的城市。

泉州有中国现存最古老的清真寺，有最早的妈祖庙天后宫，有与嵩山少林寺遥相呼应的南少林寺，有中国四大名寺之一的开元寺，有和赵州桥齐名的古石桥洛阳桥，更有联合国教科文组织人类非物质文化遗产——南音。小小一座城，却布满佛教、伊斯兰教、基督教、天主教、摩尼教等宗教场所以及儒教、道教、关帝、妈祖等本土民间祭拜祈愿的场所。泉州的古老出人意料。

马可·波罗曾这样描述泉州：

宏伟秀丽的"刺桐"是世界上最大的港口之一，大批商人云集，货物堆积如山，繁荣的景象难以想象。

马可·波罗所记述的刺桐也就是泉州。五代十国时期，节度使刘从效扩建唐朝开元年间修建的泉州城，并且在城里城外大量种植自东南亚引进的刺桐树，因此泉州别称刺桐城。在古代的西方海图与航海典籍之中，一直以刺桐称呼泉州。

比马可·波罗晚到泉州的摩洛哥旅行家伊本·白图泰也说：

> 我们渡海到达的第一座城市是刺桐港……这是一座巨大的城市，此地织造的锦缎和绸缎也以刺桐命名。该城的港口是世界大港之一，甚至是最大的港口。南宋时，泉州的地位已超越广州，成为中国最大的港口，而到元代，一跃而成为世界东方第一大港。

比马可·波罗晚了七百多年的我，怀着朝圣一样的心情来拜访泉州。

高铁站通往市区的道路宽阔笔直，连接着一个城市和对外的窗口，这和别的城市没什么两样。高铁把更多的人迎来送往，城市和城市越来越相似，乡村也越来越城市化，古老的东西在更快速地消失。泉州的古老还在等我吗？

街道两边的树并不是刺桐，我有些失望。据说这是海外传入的树，五代时期，泉州就环城种植刺桐，曹松《送陈樵校书归泉州》诗中有"帝京须早入，莫被刺桐迷"的诗句，刺桐之美可以想见。

离市区近了，路两边的店铺多起来，电动车不断地从我们的车前车右穿来穿去，眼前突然出现一个绿树环绕的城楼，很有些古意。司机说这是朝天门。第二天早晨，我专程去了朝天门。城墙已杳无踪迹，城门还在这里，被柏油路圈在中间。城市还在沉睡中，朝天门也静静的，门边的树斜斜地立在一侧，厚厚的木门开着，我走进去，地面是宽大的石条铺就，墙壁的缝隙里长出一点小草。我缓缓走入门洞，不到十步就出了城门，就像走出自家的院门，心里有种奇怪的感觉，好像一觉醒来，发现自家的院子被马路围起来，汽车在周围旋转，院子成了孤岛。

我后来发现，泉州的许多古迹都是这样奇怪地和现代人的生活融在一起的。

在泉州，宗教场所很多，而且每一个都历史悠久，明清乃至宋元甚至唐代的都有。

泉州清净寺是中国现存最古老的清真寺。早在一千年前,经常往来泉州与中亚的阿拉伯商人不仅在泉州设立商号,有些干脆就在泉州定居。他们不仅带来了中亚民族的生活习惯,同时也带来了他们的传统宗教信仰。清净寺就是一座典型中亚建筑风格的清真寺。

清净是寺院的本相。我是很少踏进寺庙的,但它的名字让我好奇。

初次看到这座寺院,我吃了一惊,虽然它看起来非常简单,但端庄方正的姿态令我肃然起敬。那圆形穹顶门楼高高耸立,有两层楼高。一侧的院墙形如城堞,稍矮于门楼。出来时已是华灯初上,傍晚的天空一片清朗,一弯新月若隐若现。站在喧嚣的马路边,远望清净寺,它像是一个巨大的船舰,正静静停泊在夜幕下的码头。码头上霓虹闪烁,车流如梭,俗世的欲望穿街走巷,现世的欢乐熙熙攘攘,都与它无关。想起刚刚参观的空寂的礼拜殿,已经被岁月毁坏的旧礼拜殿遗址上静静矗立的十几个高大的石柱,竟有些恍惚。千年前的阿拉伯商人经过艰难凶险的海上航程,在聚集了从东南亚各地,甚至远自阿拉伯半岛前来贸易的各国商船的刺桐港,卸下香料、宝石和各种珍奇的货物,然后满载中国的丝绸、瓷器带回他们的国家。在泉州暂居的日子里,他们一定需要这样一处精神的港湾吧!

涂门街边离清净寺不远有个释迦寺,我是在地图上看到的,就顺路去看看。这个小寺处在居民楼密集的深巷中,问了好几个路人,我才来到它门前。门脸很小,像一户普通人家的院门。已经是傍晚,我推门进去,一个人也没有,金色的佛像在黑暗中熠熠发光,神情安然,香火的气息弥散在小小的佛堂,隐隐约约的诵经声不知从哪里传来。我感觉自己像是被定在了那里,挪不开脚步,既着迷又不安。

去开元寺是早上七点。寺门敞开,没有游人,只有晨练的老人。门口的古桑已经八百岁高龄,东西二塔历经千年沧桑,经历八级地震而屹立不倒。大雄宝殿雄伟富丽,佛的金身塑像高高端坐,须仰视才见,梁顶上木雕的飞天乐伎栩栩如生。据说在泉州城内,现在的建筑都不能高过开元寺。晨练的泉州老人,千年古寺,古树古塔,都焕发出生机和活力。

比起佛教寺庙的肃穆和神圣,关岳庙和天后宫就显得更热闹亲和一些。关岳庙门口的一副对联我极喜欢:“诡诈奸刁到庙倾城何益;公平正直入门不拜无妨”。无论早晚,上香祈愿的人络绎不绝。屋脊上都雕有色彩鲜艳的龙,龙须翘起向天,龙身雕刻繁复。关公、岳王、妈祖的塑像同样色彩浓重,形态可亲。泉州关岳庙供着关羽和岳飞,天后宫供着海神妈祖。历代的老百姓把他们当成自己的守护神，在泉州，这样的祭拜场所到处都是，就在城区里，在隔壁，在对门，抬脚就到，随时可以给予人精神的慰藉。

除此之外，天主教与基督教建筑风格的花巷、中山街基督教南教堂、佛教建筑九日山建造寺、摩尼教风格建筑草庵、道教风格建筑老君岩等在此交相辉映，见证着多元文化相互交融的一段历史。

走在泉州的大街小巷，我在想，如果我是一个泉州人，会不会有宗教信仰？会信什么呢？大概我也会在去开元寺晨练时上一炷香，傍晚散步时去关岳庙或者妈祖庙祈愿求福，周末去清源山拜谒老子和弘一法师，因为他们就在我身边，在我的生活里，古老而又历久弥新。明清时，泉州人到东南亚发展，也把他们的信仰带到了菲律宾、印尼、马来西亚乃至越南、泰国、缅甸等地，而在那里，中国人的民间信仰似乎至今鲜活无衰。

在关岳、妈祖、儒教的崇拜中，我看到一种共性，那就是仁义信仰。这是我们的本土信仰，有人会说这不是真正的宗教，有人批评这种信仰的功利性，但这种信仰的先进性却常常被忽视。崇尚仁义的中国人，有以天下为己任的担当精神，有克己复礼的忍让精神，没有排除异己的狭隘，以和为贵，这是纷争不断的当今世界所需要的。

泉州北部的清源山，早在唐代，儒释道就三者并存，兼有伊斯兰教、摩尼教、印度教的活动踪迹，逐步发展为多种宗教兼容并蓄的文化名山。雕于宋代的老子石像与山岳同在，这位被尊奉为道教始祖的老人被赋予慈祥、安乐的神态，成为健康长寿的象征。泉州有句民间俗语："摸着老君鼻，活到一百二。"倘若老子地下有知，真不知是喜是忧了。清源山还是弘一法师长眠之处。弥陀岩西侧一处花木繁茂的地方，有他的灵骨塔、雕像和他生前最后的墨宝"悲欣交集"。左侧摩崖上有中国佛教协会会长赵朴初"千古江山留胜迹，一林风月伴高僧"的石刻。他是中国近现代佛教史上杰出的一位高僧，与太虚、印光并称为近代三大高僧。大师一生苦心向佛，精研律学，弘扬佛法，普度众生，为世人留下了享用不尽的精神财富。

我多次行走在西街、涂门街、中山路，宗教的清静气息和花花世界的喧嚣热闹交替笼罩着我，真是一种奇妙的感觉。泉州人就是这样自然而然地和宗教生活在一起，他们踏实勤奋地创造财富，积累财富，以富为荣，但又有坚守，有信仰，行仁义，懂享受。

一个卖姜母鸭的小食馆，老板是个普普通通的中年女人，干净利落，待人很和善。我和朋友慕名前往这家藏身于某居民区的饭馆，吃到了味道香醇的姜母鸭。喜欢这种美食，我们建议老板多开几家店，搞成连锁店，能赚得更多。老板这个女人，兼主厨，兼服务员、收银员、洗碗工，一点不为所动。她平静地说，别人做她不放心，怕影响了姜母鸭的品质。她说，一定要选番鸭，当天宰杀，凌晨四点送到她店里，她还要细细地再处理，确保鸭子干净清洁，之后腌制，配料有十几种，整个烹饪过程中不加一滴水。和我们聊天时是下午三点，她每天只有这个时段可以休息一两个小时。和她一起经营的是她的婆婆，老人去睡觉了。我们看到她的厨房更是惊讶，案台洗得明亮光洁，白色的抹布整齐地晾在绳子上，竟完全没有一点油污的痕迹。我们习惯性地拍了照片，说给她挂到网上宣传宣传，她竟说："不用了，我也忙不过来。"她的店已经有十几年的历史了，也不扩张，也不包租，就自己经营着，辛苦而满足。

一个开瓷器店的小姑娘愿意和我们这样的过客聊几个小时，一边给我们泡安溪铁观音喝，一边漫无边际地聊天，聊瓷器，聊茶道，聊创业，聊人生。邻居的小孩子来了，缠着她讲故事，她耐心地给他们找本书，或者拿出五子棋给他们玩。在这个时间就是金钱、人人无暇停留的时代，她那么安静、快乐、从容，是泉州的宗教濡染了她吗？

一个老头，高瘦，穿件短袖 T 恤，骑着一辆用自行车和轮椅改装成的偏斗三轮车，轮椅上坐着他的老伴。老伴穿得比较厚，裹着头巾，头始终耷拉向左侧，看样子行动已经不能自理。在西湖的早晨，他带着他的老伴，也像别的老人一样来晨练。上坡时，他就下车，弓着腰背，使劲往上拽，下坡时，他坐在车上潇洒地滑下去，直道、拐弯，动作娴熟自如。时不时地，他就回头看看自己的老伴，用左手帮她扯扯头巾。尽管那个动作只在一瞬间，却一下子让我潸然泪下。

我行走在西湖的岸边，看到刺桐火红的花朵，看到宽阔的湖面上微风送来的阵阵波纹，湖心绿树覆盖的小岛上栖息着许多白色的水鸟，听着不远处传来的徐徐的南音，真觉得自己好像就是泉州人，就是这湖光山色、人间草木中的一分子。

昨晚在府文庙听到的南音，竟那样符合我的心境。它不像秦腔那么高亢激越，大喜大悲，也不像越剧那么柔美甜软，儿女情长，它真是符合"哀而不伤，怨而不怒"中和美的原则。南音是古老的音乐，我听着，感觉它的曲调并不复杂，演唱者的表情没什么变化，伴奏的乐器也仅四五个，只一个人唱。大简至美，一切美都源于简单、朴素。《诗经》是这样，汉代的石器也是这样，到了明清，器物太繁复，并不美。人过中年，也该返璞归真了。

要去寻访洛阳桥，突然骤风暴雨飒然而至。这倒好，当我们到达桥头时，竟没有看到一个人,司机说平时游人很多。而此刻,雨又知趣地小了,长长的石桥似乎只为等我。踏上雨水洗濯过的条石,望向对面,竟看不到彼岸。

撑着一把伞,在桥上信步,也是一种情趣。喜欢一句话:"情不知所起,一往而深。"谁能说雨无情?这场雨落在石桥上,落在洛江上,此刻也落在泉州的老街上。凝神谛听,那寂寞的雨仿佛在唱着一曲《滴答》。不知是雨还是曲,把我带进了遥远的回忆,一步一梦,一个脚印一个过去,地面就起了涟漪。人在走,雨在下,时间在流,这是何等惬意啊!岁月把辉煌留在了过去,似水的流年里藏着我们多少回忆?当旧梦随着雨在风中飘的时候,我们已经回不到过去的岁月了。隐约可见的来时路里,足迹已被雨水刷去。眼前只有向前的路,也许向后也是路,但是向后退着走,那就是退步。追忆着曾经的年华,翻越千山万水,一步又一步地向着希望走去。风中的丝雨落在负责建桥的蔡襄的雕像上,他伫立在风雨中,陪伴、守护着这座横跨洛江的古桥。

五月的雨落在了古代海上丝绸之路的起点泉州,一曲《丝路花雨锁泉州》从历史的深处传了出来。

在飘着雨的天空下,龙湖衙口的施琅将军像巍然屹立在海边,双眼望着宝岛台湾,仿佛在思念谁。安海五里桥的桥面上水波荡漾,"天下无桥长此桥"的豪言,在几百年的风风雨雨里被时间印证。罗山草庵寺的屋檐下雨滴成线,弘一法师的题词"草藉不除,时觉眼前生意满;庵门常掩,勿忘世上苦人多",几十年后的今天,又有几个人能参透?

站在清源山上,向南眺望,泉州城尽收眼底。我仿佛看见碧海青天下,大小船舶停泊在港口;大街小巷,各种肤色的商人云集于此,琳琅满目的货物堆积如山;大海扬波,渔夫要出海,女人们就穿着像过节的衣服,戴着斗笠,挑着贡品,去拜妈祖,祈求女神的保佑。

离开泉州,总有点恋恋不舍。我不是它的主人,不可能在它身边守望,这令我非常遗憾。人的一生会留下多少遗憾,这是谁也预料不到的。不过,泉州我还是会再来的,这里的宗教和人让我着迷。下次来就是熟人了,想到这,那迟疑的脚步也就有点轻松了。